KB072684

FUSION FANTASTIC STORY

고고33 장편소설

세무사 차현호 1

고고33 장편소설

초판 1쇄 찍은 날 § 2016년 1월 25일
초판 1쇄 펴낸 날 § 2016년 2월 1일

지은이 § 고고33
펴낸이 § 서경석

편집책임 § 이지연
편집 § 박가연, 이창진

펴낸곳 § 도서출판 청어람
등록번호 § 제387-1999-000006호
등록일자 § 1999. 5. 31
어람번호 § 제1-2341호

주소 § 경기도 부천시 원미구 부일로 483번길 40 서경B/D 3F (우) 14640
전화 § 032-656-4452 팩스 § 032-656-4453
http://www.chungeoram.com
E-mail § chungeorambook@daum.net

ISBN 979-11-04-90614-5 04810
ISBN 979-11-04-90613-8 (세트)

FUSION FANTASTIC STORY

고고33 장편소설

세무사 차승호

1

세무사
차은호

목차

1장

두 번째 삶

'젠장.'

사무실에 들어오자마자 차현호는 넥타이부터 풀어재꼈다.

툭.

핸드폰과 USB 메모리를 책상에 내려놓고 의자에 깊숙이 등을 묻었다. 손을 뻗어 에어컨 리모컨을 쥐고 온도를 낮추자 천장에서 내린 서늘한 바람이 그의 등을 차갑게 적셔갔다.

'후…….'

겨우 한숨을 돌린 현호는 몇 번이나 USB를 향해 손을 가져가려다 주저했다. 손가락 크기의 이 작은 메모리 저장 장치에 대한민국을 흔들 것이 가득했다.

한 기업의 위장 거래, 임원 가족들의 위장 취업, 비자금 형성, 전방위 로비까지.

기업은 그렇게 돈을 빼돌렸고, 그 돈은 또 정재계로 흘러가게 되는, 어쩌면 흔하디흔한 재벌의 감춰진 일상.

USB 안에는 그 모든 기록이 담겨 있으며 내용 또한 매우 세밀했다.

케이맨제도의 페이퍼 컴퍼니뿐 아니라 소유주, 거래 일자, 거래 금액 등이 파일 안에 빼곡하게 담겨 있다.

단언컨대 이 파일이 공개되면 여럿 죽어나갈 것이다.

띠리리… 띠리리…….

집어삼킬 듯 USB를 노려보던 현호는 이마를 찌푸리고 핸드폰을 노려봤다. 하지만 발신인의 이름을 보고는 설핏 지어진 미소와 함께 전화를 받았다.

"어, 아영아."

현호의 딸 차아영이었다. 올해로 중학교 1학년, 한창 예쁠 나이.

문제는 차아영이 생각하는 아빠 현호였다.

―아빠, 선생님이 학부모 면담 있다고 오래.

"어? 왜?"

―아, 나도 몰라.

"엄마는? 엄마가 가면 안 되는 거니?"

—그냥 좀 오면 안 돼?!

아영이 소리를 빽 지른다. 귀가 따가워 잠시 핸드폰을 내려놓았던 현호는 다시금 핸드폰을 들어 깨문 입술 사이로 읊조리듯 대답했다.

"알았어. 갈게… 내일이니?"

—오후 5시까지.

툭.

전화가 끊어졌다.

핸드폰을 다시 책상에 내려놓은 현호는 화를 내는 게 아니라 오히려 픽 웃어버렸다.

너무 기가 막혀서 말이다.

"아휴……."

현호는 두 눈과 이마와 머리를 쓸어 올렸다. 마찰열에 의해 붉게 변한 얼굴로 한숨을 내보냈다.

어찌 보면 당연한 일이다.

일에 치여 가정에 소홀했을 뿐이고, 아내는 얼굴값 하느라 이리저리 싸돌아다닐 뿐이고!

그러니 딸의 눈에는 잘 정돈된 쇼윈도 너머의 인형 부부로 비치는 게 당연하다.

그나마 딸이 아내보다는 그에게 전화를 해서 학교에 와달라고 한 것으로 위안을 삼을 뿐이었다.

'일을 좀 쉴까.'

아내와는 어쩔 수 없다. 이미 이혼 직전이다.

더 이상은 현호도 지쳐서 그녀를 설득하기도, 보기도 싫었다.

하지만 딸은, 그래도 피붙이 아닌가.

지금이라도 꼬인 매듭을 풀고 싶었다. 왜, TV를 보면 딸과 아빠들이 소원해진 관계를 푸는 예능 프로도 있지 않은가.

"흠……."

괜스레 얼굴을 한 번 더 쓸어내리고, 현호는 핸드폰을 다시 손에 쥐었다. 물론 시선은 여전히 USB에 가 있었다.

띠리리… 띠리리… 띠리리…….

신호음이 길게 울렸다. 몇 번이고, 몇 번이고, 또 몇 번이고.

—전화를 받을 수 없어 소리샘으로…….

결국 핸드폰을 내려놓았다. 이제 아내는 그의 전화를 철저히 피하고 있었다. 어디서 패션모델인지 하는 놈팡이를 만나고 있겠지.

빠드득.

현호는 어금니를 세차게 물었다.

물론 현호라고 떳떳한 것은 아니었다. 처음에는 홧김이었다. 아내가 바람을 피우는 것을 알았고, 그래서 뭐 나도 해버리자, 라는 심정이었다.

솔직한 말로 '사' 자 들어가는 남자 중에 세컨드 하나 없는 사람이 어디 있겠나. 그나마 현호는 내내 참아왔을 뿐이다.

그래, 제대로 콩가루 집안임을 부인할 수 없다.

언제였더라.

아내를 만난 것은 세무사 자격증을 취득하기 위해 등록한 종로의 한 학원에서였다.

'그땐 참 예뻤는데…….'

이제는 희미해진 그때의 추억.

그녀는 단연코 그 어떤 여자들보다 아름다웠다. 학원에서 좆 달린 놈치고 그녀에게 대시 안 해본 놈이 없을 것이다.

그뿐인가.

남들은 그 집 사위로 들어가면 인생이 탄탄대로라고 쑥덕이고는 했다. 그만큼 아내는 집안까지도 좋은 완벽한 여자였다.

하지만 승자는 누구인가. 바로 현호였다.

현호는 아내에게 대시하지 않았다. 그는 주제를 알았고, 자신의 인생에서 중요한 것은 여자가 아닌 세무사에 합격하는 것이라고 여겼다.

근데 그게 또 아내의 눈에는 거슬렸던 모양이다.

학원의 다른 남자들은 자신을 종일 쫓아다니는데, 멀뚱히 칠판만 보고 있는 놈이 있으니 자존심이 상했던 듯싶다.

결혼 후에 곰곰이 그때를 다시 생각해 보니 그녀는 자신을 쫓는 뭇 남성과 현호를 저울질했던 듯하다.

그녀를 쫓느라 정신이 팔린 놈들이 시험에서 미끄러졌을 때, 현호는 당당히 합격을 했으니까.

애초 저울에 올라갔는지도 몰랐는데, 세무사 자격증 하나의 무게가 그를 저울의 승자로 만들어 버린 것이다.

아직도 기억난다.

그날은 눈이 무척 내리는 날이었다. 스터디 모임의 친구들과 그녀, 그리고 현호는 술을 마셨다.

시험에 합격한 현호는 세상이 제 것 같았다. 그래서 조금 들떠 있었다. 한 잔이 두 잔이 되고, 두 잔이 열 잔이 됐을 때.

현호는 아내의 손을 잡고 호프집을 나섰다.

결국 그날이 현호의 딸, 아영이가 세상에 잉태된 날이 됐다.

띠리리… 띠리리…….

생각에 잠겨 있던 현호는 서둘러 핸드폰을 바라봤다. 아내일까 싶었지만 아내는 아니었다. 선배였다.

"응, 형."

—야, 내가 계속 생각해 봤는데… 그거 포기하자.

"뭐를?"

—야… 진짜 그건 아닌 것 같아. 너 이거 감당되겠냐? 제수씨 이름으로 제보한다고 너인 거 모르겠어? 너 인생 쫑 나는 거야, 이거… 아이, 씨발. 야, 내가 알아봤는데 이거 장난 아니

야. 엮인 놈이 한둘이 아니라고. 너 포상금은커녕 목숨 줄 붙들고 있기도 힘들지 몰라.

"참 내… 형, 요즘 세상이 어느 때인데."

—새끼야, 21세기는 사람 안 죽냐?

"아, 됐어. 언론하고 검찰에 제보할 거야. 파일도 인터넷에 올려 버리려고."

—뭐?

선배의 떨리는 목소리에 현호의 얼굴도 단단히 굳었다.

"후… 그래. 형 말대로 나도 솔직히 무서워. 그래서 이러는 거야."

—그건 또 무슨 말이야?

"형……. 우리 이 파일 열어봤을 때부터 좆 된 거야."

그 말을 하고 나자 수화기 너머에서는 아무런 목소리도 들리지 않았다.

"파일 봤을 때부터 우리도 위험해진 거라고."

현호가 USB를 습득한 것은 아주 우연한 일이었다.

거래처 확보를 위해 술자리 영업과 접대를 뛰는 것은 늘 하는 일이다. 어느 때는 사건 청탁과 무마를 위해서 공무원들에게도 접대를 한다.

그날도 그랬다.

일을 도와주는 과장님에게서 요즘 한창 유행이라는 xxx 동영상이라는 것을 받아서 USB에 담아 술자리에 갔다.

공무원 중에 그런 걸 좋아하는 놈이 있어서 재미 삼아 보여주려고 했던 것뿐이다.

한데 깜빡 잊고 주질 못했다. 그래서 그냥 그러려니 하고 집에 가려다가 그날따라 너무 쓸쓸해서, 마티니 한 잔만 마시고 가려고 칵테일 바에 들렀다.

한 잔을 여유 있게 마시고 카운터에서 지갑을 꺼냈는데, USB가 흘러나왔다.

그때 마침 우르르 들어오던 남자들과 부딪쳤고, 떨어진 USB는 그들의 발에 치여 이리저리 바닥을 누볐다.

소란이 가시고서야 현호는 USB를 주워서 집에 돌아왔는데… 염병……. 다음 날 보니까 xxx 동영상이 아닌 웬 낯선 파일들만 가득한 게 아닌가.

그게 불운의 시작이었다.

—현호야……. 그거 버리자.

선배가 반복해 입술을 핥는 소리가 수화기를 타고 넘어왔다.

"내가 알아서 할 테니까, 형은 모른 체하고 있어요."

—어떻게 할 건데?

"좀 전에 말했잖아. 그렇게 한다고."

—언론이라고 믿을 수 있겠냐?

"그럼 형이 터뜨릴 거야? 못 한다며?"

조금 짜증이 밀려와서 싫은 소리를 뱉었다.

—아, 알았어. 네가 알아서 해.

"걱정하지 마. 형은 집에나 일찍 들어가. 국세청 직원이랍시고 그렇게 받아만 먹다가는 제대로 체한다."

—남이사.

끊어진 전화를 내려놓고 현호는 USB를 컴퓨터에 꽂았다.

딱, 딱, 마우스로 클릭하자 프린터가 분주히 돌아가는 소리와 에어컨 바람이 뒤섞여 사무실의 적막을 밀어냈다.

'지금 몇 시나 된 거지?'

오후 8시.

언론사에 1부, 검찰에 1부, 그리고 혹시 모르니 카피본은 메일과 웹하드에.

'후…….'

모든 준비가 끝이 나자 현호는 가슴이 싸늘하게 식는 기분을 느꼈다.

'이미 엎질러졌어.'

현호는 서류 봉투와 USB 그리고 재킷을 챙겨 사무실을 나섰다.

엘리베이터에 의지해 로비에서 내렸다. 오늘은 지하 주차장이 아닌 외곽 주차장에 차를 세워뒀다.

왠지 음침한 지하는 피하고 싶었다.

"이제 들어가세요?"

"아, 예. 고생 많으십니다."

눈에 익은 경비가 현호에게 인사를 건네왔다. 이유 없이 경비의 시선이 찜찜해서 현호는 짧게 고갯짓을 하고 서둘렀다.

차에 올라타고 키를 꽂았다. 시동을 걸려는데.

띠리리… 띠리리…….

'젠장.'

친구 강진우였다.

강진우와의 인연은 중학교 3학년으로 거슬러 올라간다. 곱씹어 생각해 보면 너무도 질긴 인연이었다.

현호는 강진우를 나쁘게 생각한 적은 없었다. 오히려 친구라고 생각했다.

녀석의 집안이 대단하다는 것도 알고, 녀석이 다른 사람을 업신여긴다는 것도 알았지만, 아버지 사업이 망해서 가난으로 얼룩져 버린 현호의 인생에 부잣집 도련님의 존재는 어떻게든 붙잡아야 될 동아줄이었다.

뭐, 녀석이 그렇게까지 그를 개무시한 적은 없었기에 그럭저럭 이어온 관계였다.

첫사랑이 그를 뻥 차고 강진우와 사귀었을 때도… 뭐, 나름 이해했다.

남녀 사이라는 게 그럴 수도 있지.

물론 생각은 이래도 정작 견디지 못하고 군대에 가긴 했지만, 그 와중에도 강진우를 원망한 게 아니라 속 좁은 자신을 원망한 현호였다.

전역 후 연락 없이 지내다가 종로의 세무사 학원에서 녀석을 마주쳤을 때도, 또 그 녀석이 지금의 아내에게 집적거렸을 때도, 그저 친구의 짓궂은 장난으로 여겼다.

그런데 나중에 친구들에게 들으니 아주 가관이었다.

녀석은 현호를 단 한 번도 친구라 여긴 적이 없었다는 것이다. 현호의 첫사랑과 사귄 것도 정확히는 빼앗은 거였다.

녀석이 유일하게 실패한 것은, 현호의 아내를 꼬시지 못한 것이라는 사실도 나중에야 친구에게 전해 들었다.

녀석은 그런 새끼였다.

띠리리… 띠리리…….

현호는 전화를 받지 않았다. 그러자 핸드폰이 잠잠해지더니 다시금 울리기 시작했다. 이번에는 여동생이었다.

결국 현호는 전화를 받았다.

"그래. 왜?"

—오빠, 나 좀 보자.

"옆에 진우 있냐?"

강신우는 현호의 아내는 꼬시지 못했지만, 대신 그의 여동생을 꼬셨다. 물론 그 더러운 인성이 어디를 갈까.

허구한 날 여자, 그리고 폭력…….

현호가 알고 있는 강진우의 세컨드만 족히 다섯은 될 것이다.

—오빠가 진우 씨 아버님 회사 장부를 가지고 있다며?

"뭐?"

현호는 순간 한 대 얻어맞은 기분이었다.

USB의 자료.

그래, 이 자료는 강진우의 아버지 회사, 그리고 강진우가 곧 물려받을 회사의 자료였다. 정말 운명이란 게 있는 건지, 그 회사의 온갖 썩은 비리가 기막히게도 현호의 손에 흘러온 것이다.

"그게 무슨 말이야?"

—잠깐만.

부스럭거리는 소리.

—현호야.

강진우.

"지금 뭐 하는 거냐?"

—그거 너 못 건드려.

"너희들 정말, 무슨 소리 하는 거야?"

현호가 지금 할 수 있는 것은 시치미를 뚝 떼는 것밖에 없었다.

—현호야… 아니, 형님.

형님은 무슨. 결혼하고서도 한 번도 호칭을 제대로 부른 적이 없는 놈이다.

"할 말 없으니까 끊는다."

—이거 그냥 넘어가자. 내가 크게 보상할게. 너 혹시 무슨 일 생길까 봐 그래? 걱정하지 마.

"끊는다."

—너 정말! 그렇게까지 해야겠냐? 우리 이혼하는 거 보고 싶어?

날이 선 강진우의 목소리에 현호의 얼굴이 일그러졌다.

"야, 이 개새끼야. 내가 병신인 줄 아냐? 얼마 전에 신전그룹 본사 사옥에서 신전 법무팀 변호사가 뛰어내린 사건… 그걸 보고도 나한테 걱정하지 말라고? 내가 널 어떻게 믿어, 개새끼야!"

—너, 후회한다.

싸늘한 목소리다. 그래, 이제야 본색을 드러내는구나.

"후회는… 널 만난 게 후회야."

현호는 전화를 끊었다. 조수석에 핸드폰을 던져 넣고 키를 돌리려는 순간이었다.

"윽!"

현호는 갑사기 누통을 느꼈다. 아주 미세하게, 정수리에서부터 전신으로 뻗어나가는 찌릿함이었다.

끼기기긱.

그 와중에도 그는 차 키를 돌렸다. 한데 아주 느릿느릿하다.

모든 것이 느린 세상에 갇혀 버린 느낌이었다.

그런 현호의 눈에 발아래에서부터 치고 올라오는 파란 불꽃이 들어왔다. 그것은 화염이었다.

불길은 아주 느리게 현호의 다리를 타고, 차 안 가득 퍼졌으며, 차는 크게, 그러나 천천히 공중으로 솟구쳤다. 차창이 깨지고, 엄청난 굉음이 밀려와 현호를 덮친 순간이었다.

'죽는 건가.'

죽음의 순간, 펼쳐진 과거의 순간들.

주마등처럼 스쳐 가는 순간순간의 시간의 필름들.

'안 돼!'

현호는 손을 뻗었다.

눈앞에 빠르게 스쳐 가는 필름들을 향해 필사적으로 뻗었다.

그것은 마치 칠흑의 우주를 홀로 유영하는 우주 비행사가 된 기분이었다. 아주 느리고, 그러나 조금만 더 손을 뻗으면 잡힐 것 같은 시간의 필름들이 지나간 시간을 거슬러 보여준다.

늘 냉랭한 아내.

중학교 입학식에서 짜증을 내는 아영이.

초등학교 운동회에서 웃고 있는 아영이.

분만실에서 울음을 터뜨린 딸 아영이.

제주도에서의 신혼여행.

면사포를 쓴 아내.

군대에 가는 아들을 바라보는 어머니.

고등학교, 중학교, 그리고 초등학교 입학식.

"안 돼!"

폭발에 온몸이 갈기갈기 찢기는 현호.

마지막 순간에 뻗은 그의 손이 마침내 시간의 필름을 붙잡았다.

*　　　*　　　*

"애는 학교 안 간다고 아직까지 일어날 생각을 안 하네. 현호야, 현호야!"

누군가 몸을 마구 흔들었다. 거친 손길이었지만 그 손은 따뜻했고, 그리운 향이 났다.

"으음……."

현호는 눈꺼풀을 비비며 눈을 떴다. 그가 게슴츠레 눈을 뜨자 어서 일어나라는 소리와 함께 누군가 방문을 닫는 소리가 들렸다.

'여기가 어디…….'

서서히 맞춰지는 눈동자의 초점.

제일 먼저 눈에 들어온 것은 꽃무늬 벽지가 발라져 있는 높은 천장이었다. 그리고 몸을 덮고 있는 솜이불까지.

'뭐야?'

현호는 서둘러 허리를 펴고 앉았다. 제일 먼저 확인한 것은 다리였다. 분명히 차에 시동을 거는 순간 폭발이 일어났었다.

다리 사이에서 올라오던 불길이 너무도 생생하다. 그런데 지금 현호의 눈에 비친 다리는 멀쩡했다. 뿐만 아니라 이건.

'어린아이 발이잖아?'

이게 어떻게 된 거란 말인가.

현호는 서둘러 팔을 뻗었다. 팔뿐만이 아니라 손도 어린아이 손이다. 그는 너무도 놀라서 침대에서 벌떡 일어났다.

탁.

방바닥에 두 다리가 맞닿았다. 각질도 없고, 피부는 새하얗다. 다리털은 당연히 없다.

현호는 방문을 향해 손을 뻗었다.

문이 너무도 크다.

방도 너무도 넓다.

작아진 그는 지금 순간 모든 것이 크게 보였다.

끼익.

방문을 열었다. 그러자 현호의 눈에 비친 것은 익숙하지만 오랫동안 잊고 지냈던 등이었다.

"일어났으면 어서 씻어."

누군가 현호의 곁을 슥 지나갔다. 현호는 그녀가 직감적으로 엄마임을 알았지만 도저히 지금의 상황을 이해할 수가 없었다.

현호는 터벅터벅 눈앞의 등 뒤로 다가갔다.

넓고 단단한 등을 가진 남자는 TV를 보고 있었다. 20인치도 안 될 법한 옛날식 컬러 TV였다. 그 TV가 보여주고 있는 것은 굴렁쇠를 굴리고 있는 소년이었다.

"88올림픽… 개막식?"

넋이 나간 현호가 속삭였다. 그러자 눈앞의 남자가 스윽 등을 돌렸다.

"아버지……."

그리워서 목 놓아 부르고 싶었던 그 이름.

"아버지? 허허, 이 녀석이 잠이 덜 깼나."

현호는 아버지의 웃음을 뒤로하고 서둘러 화장실로 달려갔다. 좁은 화장실이지만 지금의 현호에게는 무척이나 크고 넓었다.

심지어 벽에 걸린 거울을 보려면 까치발을 들어야 했다. 겨우 확인한 그 얼굴은.

"세상에……."

88올림픽이면 현호가 초등학교, 아니, 국민학교 6학년이던 시절이다. 지금 거울에 비친 얼굴은 국민학교 6학년의 현호였다.

"으아!"

비명을 내지른 현호는 뒤로 훌렁 나자빠졌다. 엉덩방아를 찧고 마른침을 꿀꺽 삼키자 화장실 문이 벌컥 열렸다.

"뭐냐? 무슨 일이야?"

"아버지……."

"이 녀석이 진짜 왜 그래?"

재차 어울리지 않게 아버지라는 말을 하는 현호의 모습에 아버지는 고개를 갸우뚱했다. 한데 그 뒤로 슬쩍 여자아이 하나가 고개를 내밀었다. 2살 터울의 여동생 차미숙이었다.

"세상에."

이 어처구니없는 현실에 현호는 정신을 잃었다.

* * *

88올림픽이 한창인 서울.

현호는 13살의 어린 나이로 돌아왔다.

그는 분명 폭발에 휩싸였고, 필사적으로 손을 뻗어 눈앞을 스쳐 가는 필름 같은 것을 붙잡았다. 그것이 마지막으로 남은 기억이었다.

“대한민국의 김영남! 소련의 투를리하노프를 상대로 오늘 밤, 금메달을 앞에 두고 역사적인 경기를 치릅니다.”

88올림픽에서 대한민국에 첫 금메달을 안긴 레슬링의 김영남.

국민학생 어린 녀석들은 교실을 뛰어다니며 어젯밤 있었던 김영남과 소련 선수의 경기 중계를 재연하고 있었다.

‘어휴…….’

현호는 답답해서 한숨을 쉬었다. 요 며칠 학교를 오가면서 느낀 것은 이 상황이 꿈이 아닌 진짜 현실이라는 점이었다.

그는 사고가 있었던 그날, 과거로 회귀한 것이다.

그래서 기쁘냐고?

전혀 그렇지가 않았다. 물론 아버지와 어머니의 모습을 보는 순간 감격했다.

이전 삶에서의 그는 아버지와 소원했고, 심지어 아버지가 돌아가셨을 때도 그러려니 했었으니까. 그만큼 갈등의 골이 깊은 사이였다.

물론 아버지와 어머니 두 분이 살아 있고, 또한 30년은 젊어진 두 분의 모습을 보니 너무도 기뻤다.

여동생이야 그때나 지금이나 말을 안 듣지만, 어찌 보면 현호의 인생에 있어서 지금이 가장 무탈하고 평온한 순간이었다.

그러니 어찌 기쁘지 않을까.

하지만 그런 마음이 든 것은 겨우 며칠뿐이었다.

현호의 머릿속은 여전히 이전 삶에서의 끈을 놓지 않고 있었다.

'신전그룹 개새끼들!'

그를 죽이려고 차에 폭탄을 설치한 인간들.

'강진우 개새끼!'

USB는 어떻게 됐을까. 딸내미 학교에도 가야 되는데.

아내는 집에는 들어갔을까? 아직도 그놈이랑 붙어 있나…….

젠장, 당장 VIP 고객 상속세 소명 자료도 만들어야 하는데.

그는 지금 몸만 국민학생 어린 녀석이지 머릿속은 성인이자 세속에 물들어 버린 차현호일 뿐이었다.

그러니 답답한 것이다. 지금 당장 그는 아무것도 할 수가 없었기 때문이다.

복수도, 그렇다고 뭔가를 할 만한 나이도 아니었다.

이대로 할 수 있는 것은 매일 책가방과 실내화 가방을 손에 쥐고 학교나 왔다 갔다 하는 것뿐이다.

향응에, 접대에, 골프를 쳐야 할 몸이 이제는 꼬맹이들과 데덴찌에 깡통 차기를 해야 할 팔자란 말이다.

"말씀드린 순간 대한민국의 김영남! 빠데루! 빠데루 들어갑니다!!"

아까부터 신경에 거슬리는 두 녀석의 활약에 교실이 난장판이었다.

현호는 짜증을 삼키며 그들에게서 시선을 돌렸다. 그때였다.

한 녀석이 밀려나면서 여자애를 건든 것이다.

그녀는 배급받은 우유에다가 삼촌이 일본에서 사 온 초코 가루를 타는 중이었다. 당연히 지금의 순간에 우유는 엎어졌고, 그 귀한 초코 가루는 바닥으로 흩어졌다.

"야!"

그녀의 이름은 박진숙.

국민학교 6학년 여자애지만 키가 150㎝가 넘는다.

죽기 전 현호의 키는 170이 넘었지만, 지금 초등학교 6학년인 현호는 130 언저리였다.

'이야, 박진숙 빡돌았네.'

내내 혼자만의 시름에 잠겨 있던 현호는 흥미롭게 그들을 지켜봤다.

솔직히 박진숙 말고 다른 아이들은 크게 기억에 남지 않았다. 뿐만 아니라 그가 회귀를 했다고 해도, 이 시대에 거쳐 온 것 중에 기억에 남는 것은 그리 많지 않았다.

회귀한다고 모든 걸 기억하고 내일 뭐가 일어날지 안다는 것은 개소리다.

당장 어제 먹은 저녁 반찬이라고 기억이 날까. 사람의 기억이란 그런 것이다.

그런데 박진숙은 기억에 남았다. 왜냐하면 현호는 박진숙에게 까불다가 주먹으로 얻어맞은 기억이 있기 때문이다.

솔직히 이때 박진숙에게 맞은 남자애들이 한둘이 아니다.

국민학생은 남녀의 파워 밸런스가 미약한 시기이며, 이때는 무조건 덩치가 큰 게 짱이다.

그런 점에서 그녀는 폭군이자 아마조나스의 화신이었다.

"이야! 자이언트 변신했다! 변신! 자이언트!"

남자애들이 구호를 외치며 구석으로 우르르 피했다.

자이언트.

박진숙의 별명이다.

"너 죽었어!"

박진숙이 입술을 콱 깨물었다. 아직은 성숙하지 않은 여자아이. 그나마 2차 성징이 빨리 찾아온 박진숙은 헐렁한 티셔츠 안에 살짝 가슴 멍울이 진 상태였다.

무턱대고 달려간 박진숙을 향해 남자애가 주먹을 내질렀다. 녀석은 그녀보다는 키가 조금 작았지만 태권도를 배운 녀석이었다.

"앗!"

그 주먹이 박진숙의 가슴 멍울을 강타한 것이다. 여자아이에게 있어 그것이 얼마나 아플지는 현호도 어렴풋이 예상할 수 있었다.

'윽, 되게 아프겠네.'

예상대로다.

"으아앙!"

곧바로 박진숙이 주저앉았다. 여자애들이 박진숙에게 달려가 그녀 앞에서 팔을 벌리고 벽을 쌓았다.

"너희들, 뭐 하는 거야!"

"비켜! 자이언트 오늘 내가 가만두지 않겠어! 정의의 주먹을 받아라!"

"선생님한테 이를 거야!"

여자애들이 빽빽 소리를 질렀다.

"안 비켜?"

남자애들이 여자애들을 밀치고 박진숙에게 덤볐다. 그녀는 주저앉아 엉엉 울고 있었다.

"에휴……."

그 꼴같잖은 모습에 현호는 긴 한숨을 토했다. 결국 의자를 뒤로 밀어내고 일어났다.

"야, 이 어린놈들아. 그만 못 해!"

현호의 목소리에 박진숙을 괴롭히던 태권도 소년이 눈을 팍 찌푸리고 뒤를 돌았다. 녀석은 현호가 고개를 추켜들어야 될 정도의 키를 가지고 있었다.

"뭐야? 차현호, 너 죽을래?"

녀석이 주먹을 불끈 쥐고 위협을 해왔지만 현호는 능청스럽게 되물었다.

"내가 왜 죽어?"

"이 새끼가! 너 자이언트 좋아하냐?"

"하!"

유치한 자식들.

"너야말로 진숙이 좋아하지? 그래서 진숙이 옆에서 까불거린 거 아니야? 아니야? 내 말이 틀려?"

"뭐, 뭐?"

그 말에 태권도 소년의 얼굴이 붉어졌다.

이 나이 때 남자애들은 좋아하는 여자애 곁에서 얼쩡거리는 편이다. 지난 며칠 관찰해 본 바 태권도 소년의 행동이 딱 그 짝이었다.

"이 자식이!"

태권도가 손을 높이 들었다. 그 순간이었다. 현호는 소년을 향해 주먹을 내리꽂았다. 정확히는 녀석의 밥풀 크기의 고추를 내려쳤다.

"으아아앙!!"

태권도가 주저앉았다. 그러고는 눈물, 콧물 죄다 빼내기 시작했다.

"치사한 자식!"

이번에는 태권도의 친구인 빼빼 마른 쭉정이 녀석이 덤벼들었다. 현호는 슬쩍 피하며 녀석의 다리를 걸었다.

쿠당탕탕.

넘어지면서 책상에 머리를 부딪친 녀석은 피도 안 나는데도 머리를 감싸 쥐고 울기 시작했다.

"으아앙!"

우는 소리가 양쪽에서 들리니 절로 얼굴이 찌푸려졌다.

그러자 재수도 없게 때마침 선생님이 달려왔다.

"뭐야! 누가 싸운 거야?"

"그러니까요. 우리 진숙이를 쟤들이 괴롭혔는데요, 그래서요, 현호가 애들을 혼내줬어요!"

여자애들이 선생님에게 달려가서 좀 전의 상황을 얘기하기 시작했다. 그 모습이 흡사 제비들이 합창하는 것 같았다.

"현호는요, 안 싸우려고 했는데 쟤들이 덤벼들어서요, 그래서요, 현호가……."

여자애들은 필사적으로 현호를 변호했다.

이전의 삶에서 현호는 교실에서 그다지 존재감이 있는 아이가 아니었다. 그러나 지금 순간 여자애들에게는 현호가 꽤 가치가 있어진 모양이었다.

"이리 나와."

선생님은 대성통곡을 하는 남자애들을 뒤로하고 현호를 먼저 잡아끌었다. 현호도 굳이 대들어 문제를 크게 만들 생각은 없었기에 군말 않고 뒤를 따라갔다.

"손들고 있어!"

현호가 복도에서 손을 들고 있자 잠시 뒤에 태권도와 쭉정이가 나왔다. 둘은 현호를 보자마자 눈을 팍 찌푸렸지만, 그가 태권도의 밥풀과 쭉정이의 정강이를 쳐다보자 시선이 쏙 가시고 그의 옆에 앉았다.

"너 이따 죽었어."

태권도가 턱을 씰룩이며 말했다.

"에휴."

현호는 한숨만 내쉬었다. 이게 뭐 하는 짓인지.

'대체 뭐지, 이 자식?'

한편 태권도와 쭉정이는 당황스러웠다. 그들이 알고 있는 현호는 자신들보다 작은 키에 별것도 없는 녀석이었는데 갑자기 깡다구가 엄청 세졌다.

"너 학교 끝나고 남아."

쭉정이가 현호를 노려보며 말했다. 물론 셋 다 손을 들고 있는 상태다.

"싫은데? 나 바쁘거든? 애들끼리 놀아, 인마."

"남아라!"

하지만 이날 수업이 끝나고 현호는 곧바로 학교를 빠져나왔다.

*　　　*　　　*

학교를 빠져나온 현호는 집으로 곧장 가는 대신 골목을 이리저리 돌아다녔다.

현호는 하늘을 바라봤다.

기분 탓일까. 2016년의 하늘보다 색이 짙어 보인다.

현호의 눈에 비친 세상은 모든 것이 클래시컬했다. 뿐만 아니라 모든 것이 다 커 보인다.

지금은 컴퓨터도 없고, 스마트폰도 없으며, 당연히 인터넷도 없다. 물론 이는 보편적인 것을 얘기하는 것이었다.

"에휴……."

어린 녀석이 땅이 꺼져라 한숨을 쉬자 중년의 문방구 사장이 그를 이상한 듯 쳐다봤다.

"에휴……."

현호는 다시 한숨을 내쉬고 뒤돌아 집으로 향했다.

"학교 다녀왔습니다."

현호는 눈치를 살피며 현관문을 열었다. 엄마와 아버지를 보는 것이 영 꺼림칙했기 때문이다.

왠지 젊은 시절의 엄마와 아버지를 보면 낯선 사람을 마주하는 듯한 느낌이 든다. 이는 반가움과는 본질적으로 다른 것이었다.

"엄마?"

그는 슬쩍 엄마를 부르며 신발을 벗었다. 실내화 가방을 현관 옆에 내려놓고 안으로 들어갔다.

죽기 전의 현호는 분당의 고급 빌라에서 살았지만, 지금 그가 있는 집은 낡고 오래된 반지하가 딸린 2층짜리 주택이었다.

그렇다고 현호가 반지하에 사는 것은 아니었다. 사실 이때만 해도 현호의 집은 잘사는 편이었다. 집도 아버지의 소유였으며, 낡긴 했지만 집 안 곳곳에 어머니의 손길이 닿아 늘 반짝였으니까.

'그리움인가.'

나무 벽을 쓸어내린 현호의 얼굴에 쓸쓸함이 스며들었다.

왠지 가슴을 흔드는 무엇인가가 스쳐 갔다. 아침만 해도 다시 자동차 폭발 사고 이전으로 돌아가고 싶다는 생각이 간절

했는데, 지금은.

'이대로도 나쁘진 않겠지.'

당장 이것저것 생각할 필요도 없지 않은가.

성인이 된다는 것은 생각의 고리에 발이 빠지는 것과 같다. 늘 뭔가를 해야 하고, 늘 뭔가를 준비하며 계획해야 한다.

어린아이가 그런 삶에서 벗어날 수 있는 것은 부모님이 있기 때문이며, 지금 현호에게는 젊은 아버지와 어머니, 그리고 여동생이 있었다.

"흑흑! 흑흑!"

뜬금없는 흐느낌 소리에 현호는 벽에서 손을 떼고 고개를 돌렸다.

"응?"

여동생 미숙이의 방에서 우는 소리가 들렸다.

성큼성큼 다가가 문을 열자 침대에 엎어져 울고 있는 미숙이가 보였다.

"왜? 누가 괴롭혔어?"

현호가 슬쩍 다가가 물었다. 여전히 여동생의 모습이 낯설지만, 현호는 여동생에게서 어쩌면 다시는 보지 못할 딸 차아영의 모습을 비춰 보고 있었다.

"나 학원 가고 싶어!"

"학원?"

회귀 후의 삶에서 현호는 학원을 다니지 않고 있었다. 그다지 생각해 본 적도 없었다.

"너 학원 다녔었냐?"

미숙이가 학원을 다녔다는 것도 이제야 알게 된 현호였다. 그러자 미숙이가 눈을 흘기며 그를 바라봤다. 그녀의 눈이 퉁퉁 부어 있다.

"이 멍충아, 너랑 나랑 지난달까지 학원 다녔잖아!"

"그래?"

그랬었나. 기억이 날 리 없다.

"오빠, 바보!"

"그럼 아빠한테 다시 다닌다고 해?"

그러자 미숙이가 이런 등신이 있냐는 시선으로 쳐다봤다.

"우리 집 돈 없어서 학원 그만둔 거잖아!"

"뭐?"

"나가!"

현호는 미숙이의 떠밀림에 방을 나왔다. 오후의 햇살이 불투명한 현관 유리문을 스쳐 거실에 드리워졌다. 그 드리워진 햇살 아래서 현호는 안방을 바라봤다.

'그래……. 중학교 입학할 때쯤에 아버지 회사가 망했었지.'

그 후 여기서 쫓겨나서 여관방, 시장 모퉁이, 쪽방 등 안 거쳐 본 곳이 없었다. 그런 삶이 고등학교를 졸업할 때까지 이어졌다.

결국 부모님은 이혼을 하고, 아버지는 알코올중독으로 어느 추운 겨울날, 여관방에서 쓸쓸히 세상을 뜨셨다.

'그게 또 일어난단 말이야?'

그렇다는 말은 그 지옥을 다시 겪어야 된단 말인가.

정신이 번쩍 든다. 안 될 말이다. 현호는 세차게 고개를 가로저었다.

'이 문제… 내가 해결해야겠어.'

국민학생 6학년 차현호. 그는 더 이상 평범한 13살이 아니다.

무려 41년이란 세월이 더 붙었다.

*　　　*　　　*

이날 밤, 현호는 TV 앞에 앉아 집 안을 살폈다.

회귀 후 지금까지는 밤이 되면 옥상에서 한숨을 쉬며 별을 보곤 했다. 그래서 집안이 돌아가는 상황을 살필 겨를이 없었다.

"다 내가 알아서 할 테니까, 당신은 신경 쓰지 마!"

"아니, 어떻게 신경을 안 써? 당신이 잘했으면 내가 신경을 쓰겠어요?"

"뭐야? 에잇!"

아버지와 어머니의 고성이 오간 뒤에 안방 문이 열렸다. 아버지가 방에서 나와서는 문을 쾅 닫았다.

"후……."

식탁에 놓인 담배를 손에 쥔 아버지는 그대로 현관을 나가버렸다. 그 쓸쓸한 뒷모습에 현호는 문득 이전 삶에서 있었던 아내와의 부부 싸움을 떠올렸다. 어찌 사람 사는 것이 저리 똑같은지.

그것도 잠시, 현호는 지금 집안 분위기가 심상치 않다는 것을 확신했다.

'확실히 문제가 있어.'

2장

아버지란 이름으로

대체 어떤 문제일까. 일단은 그것부터 알아야 했다.

그래야 뭘 해결을 하든 할 것 아닌가.

하지만 현호는 아직까진 확신이 없었다. 과연 자신이 뭘 할 수 있을지.

지금 그는 13살의 어린 몸이다. 아무리 성인의 지식과 판단을 가졌어도 당장 할 수 있는 것은 제한돼 있다.

그것이 돈이나 물질적인 것과 연관돼 있다면 제한의 문턱은 훨씬 높아질 것이다.

자정이 될 때까지 생각에 잠겼던 현호는 별 소득 없이 자신의 방에 들어가 문을 닫았다.

그렇게 잠이 들려는 찰나, 문밖에서 아버지의 목소리가 들렸다.

"거래처에서 독촉 전화가 왔다고?"

아버지의 한숨이 다시 이어진다. 그리고 담배 냄새도 풍겼다. 집 안에서는 좀처럼 담배를 피우지 않으시던 분이다.

아마도 지금의 전화 통화가 그를 답답하게 하는 모양이었다.

"하… 미치겠네. 아니, 담당이 바뀌었다고 이렇게 일 처리가 달라지나? 돈이 돌아야 거래처 결제도 해주고 숨통이 트일 것 아니야!"

―그게 말입니다……. 사장님, 아무래도 이거 뭐 바라는 것 같은데요?

"바란다고? 뭘?"

―뭐긴요, 뇌물이죠.

"아니, 이딴 부가가치세 환급에도 뇌물이야?"

―이딴 부가가치세라니요. 관행적으로 다 하는 거예요. 여태 안 하고 통과됐던 게 용한 거지.

"됐어. 그거 한번 해주면 계속 해줘야 돼! 김 사장도 그렇게 뇌물 주다가 걸려서 사업 말아먹은 거 아니야?"

―안 걸리면 되잖아요. 지금 사장님은 대출까지 받은 상태라서 힘드시다면서요?

"됐어! 조만간에 내가 세무서 찾아가 볼 테니까 그리 알아. 그리고 이 얘기는 다신 하지 말고."

전화가 끊기는 소리가 이어졌다. 현호는 그제야 고개를 끄덕였다.

'그랬구나.'

그동안 아버지는 종합 건설 업체에서 하도급 공사를 수주해 왔다.

돌아가는 상황을 대충 추측한 바, 현재 아버지는 사업을 진행하며 납부한 세금에서 부가가치세를 환급받아야 한다.

원래 사업이라는 것이 그렇잖은가.

여기 있는 돈 저기에 막고, 저기 있는 돈 여기에 끌어오면서 진행하는 것이다. 어디에서 뚝 떨어지는 눈먼 돈이 없단 말이다.

그러니 부가가치세를 환급받아서 다른 업체에 밀린 대금을 결제해 주고 공사를 이어가야 하는데, 바뀐 세무서 담당 공무원이 자꾸 핑계를 대며 환급을 안 해주고 있는 것이다.

아마도 입금한 내역 가지고 와라, 세금계산서하고 왜 입금 내역이 안 맞냐 등등의 태클을 걸고 있을 것이다.

그런 식으로 얼마 안 걸릴 것을 질질 끌고 있으니 아버지는 애가 탈 수밖에 없었다.

이유가 무엇일까. 그것은 뻔한 것이다.

'논이지.'

현호가 보기에는 이번 일이 그리 복잡하지 않은, 매우 단순한 일이었다. 한마디로 찔러줘야 하는 것이다.

세금, 특히 돈과 관련된 분야의 공무원에게서 원하는 것을 얻는 가장 빠른 방법은 바로 인사(뇌물)다. 그래야 일 처리도 빨라지고, 2억 낼 것도 1억으로 팍팍 줄어든다.

'아버지는 이때도 한결같았구나. 태생이 손해 볼 성격이었어.'

차현호는 그제야 아버지라는 사람을 떠올렸다. 그가 기억하는 아버지는 융통성이 없고 고집만 있는 사람이었다. 그 때문에 가족이 힘들어져도 고집을 꺾지 않았다.

성인이 된 현호가 온갖 비리와 향응, 뇌물로 어떻게든 일을 처리했던 것과는 완전 정반대의 성향인 것이다.

'대체 담당이 어떤 새끼야?'

그나마 그동안은 담당자가 좋은 사람이었는지 별 탈이 없었겠지만 이번에 담당자가 바뀌게 되니 이도 저도 못 하게 된 것이다.

원래가 세금 쪽 공무원들은 인사이동이 잦은 편이다.

돈과 관련이 있다 보니 한자리에 오래 있지를 못한다. 오래 있으면 십중팔구 문제가 발생하기 때문이다.

'후… 일단은 지피지기면 백전백승이라고 했던가.'

담당이 누구인지부터 알아야겠다.

*　　　*　　　*

"야, 너 이리 와."

현호는 학교 정문을 막 넘는 중이었다.

아침 공기는 상쾌했고, 어린 몸은 뼈마디 하나 쑤시는 것 없이 팔팔해서 현호는 기분 좋은 상태였다. 그런데 갑자기 선도부가 그를 붙잡은 것이다.

"뭐야?"

당연히 현호는 그 손을 팍 뿌리쳤다.

지금 그는 6학년이다. 아무리 따져 봐도 상대는 동갑이거나 그보다 어린 녀석이 틀림없다. 그런데 누굴 오라 가라 하는 거야.

"이 자식 봐라?"

선도부 녀석이 기가 막혔는지 그를 노려보며 헛숨을 토했다.

"나 늦었어. 비켜."

그러거나 말거나 현호는 선도부를 휙 지나쳐 갔다. 뒤에서 뭐라 뭐라 하는 소리가 들렸지만 신경도 쓰지 않고 교실로 들어갔다.

현호는 실내화 가방을 책상에 걸다가 박진숙과 눈이 마주쳤지만 그녀는 시선을 휙 피하더니 옆에 앉은 짝꿍의 머리를 다짜고짜 때렸다.

그녀의 짝꿍이 책상에 선을 긋고 있었기 때문이다.

넘어오면 모두 내 거라면서 말이다.

현호는 어린 두 녀석의 행동에 피식 웃으며 책을 펼치고 수업 준비를 했다. 그때였다. 교실 문이 열리고 아까의 선도부 녀석이 들어왔다.

"야! 너, 일어나."

"뭐?"

선도부의 키는 자이언트 박진숙과 흡사했다.

당연히 작은 키의 현호로서는 한발 꿀리고 들어가는 게 사실이었다.

하지만 이미 한 번의 삶을 거친 현호에게는 그저 어린아이들의 싸움이고 호기일 뿐이었다.

"나 싸우기 싫으니까 그냥 가라."

현호가 휘휘 손을 저으며 말하자 녀석은 어이가 없는 얼굴이었다. 자신보다 한 뼘은 작은 현호의 행동에 기가 막힌 듯했다.

콰광!

녀석이 갑자기 책상을 발로 걷어찼다.

"야!"

그때였다. 딩동 딩동, 수업 종소리가 울렸다.

"너, 점심때 보자."

이를 악문 녀석이 현호를 노려보며 교실 밖으로 나갔다.

"아, 자식. 책상은 왜 차고 난리야."

현호가 아무렇지도 않게 구시렁거리며 책상을 바로 세우고 자리에 앉자 태권도가 새파랗게 질린 얼굴로 그를 바라봤다.

"너 어떻게 하려고 그래?"

"뭐가?"

"짱한테 찍히면 죽는 거야."

"뭐? 재가 짱이야?"

"너 승국이 몰라?"

중앙국민학교 6학년 짱, 송승국.

'송승국이라.'

기억에 생소하다. 뭐, 그런 녀석이 있었던 듯싶다.

"훗."

현호의 놀랄 모습을 기대했던 태권도는 오히려 실성한 듯 피식 웃는 그의 모습에 아무런 말도 하지 못했다.

* * *

점심시간이 찾아왔다. 종이 울리고 선생님이 나가기 무섭게 교실 문이 다시 열렸다.

드르륵.

6학년 짱 송승국이었다. 점심 도시락을 꺼내던 현호의 눈이 찌푸려졌다.

“여기서 맞을래, 나가서 맞을래?”

교단에 선 송승국이 주머니에 손을 넣고 다가와 여유 있게 물었다. 반 아이들의 시선이 모두 현호에게 쏠렸다.

“그건 내가 물어보고 싶은데?”

“뭐?”

“여기서 맞고 쪽팔릴래? 아니면 나가서 맞고 덜 쪽팔릴래?”

“이 새끼가!”

신경을 살살 건드리자 곧바로 송승국이 달려왔다. 현호는 주먹을 휙 뻗었다.

‘이런!’

하지만 현호의 주먹이 송승국에게 닿기에는 그의 팔이 너무 짧았다.

퍽!

이어진 송승국의 주먹.

어린 현호의 몸이 견디기에는 한계가 있었다.

“크헉!”

현호는 곧바로 무릎을 꿇었다. 그러자 송승국이 현호의 머리카락을 붙잡았다.

"이 새끼 오늘 죽었어! 야, 망 봐!"

그 명령에 남자애들이 교실 문으로 우르르 달려갔다. 치사한 자식들. 같은 반 친구를 도울 생각은 안 하고.

"이 새끼야!"

송승국은 주먹을 높이 치켜들었다. 그 순간이었다. 현호는 녀석의 밥풀을 향해 손을 뻗었다. 그러자 지난번에 당했던 쭉정이가 외쳤다.

"승국아, 조심해. 저 새끼 불알 잡기 하는 치사한 새끼야!"

젠장.

"이 새끼가 진짜!"

퍽퍽.

송승국은 무릎으로 현호의 배를 차올린 다음에 주먹으로 등을 내려치기 시작했다. 어른의 몸이었다면 시원한 안마를 받는다고 생각할 수 있겠지만 어린 현호의 몸이 감당하기에는 한계가 있었다.

'윽, 젠장. 완전 돌주먹이네.'

현호는 입술을 콱 깨물었다.

이대로 더 있다가는 제대로 터질 것 같았다.

'그건 안 될 말이지.'

일단은 손을 뻗어 송승국의 다리를 붙잡았다. 그러자 녀석의 무게중심이 흔들렸다. 현호는 그 틈을 놓치지 않았다.

현호는 그대로 앞으로 몸을 숙이고 달리면서 송승국의 다리를 끌어안았다. 송승국이 현호의 등을 몇 번이고 내려찍었지만 그는 멈추지 않았다.

"으헉!"

결국 송승국은 제대로 자빠지고 말았다. 넘어지는 순간 현호의 팔이 송승국의 가슴을 짓눌렀다.

"헉!"

"이야!"

현호는 곧장 쓰러진 송승국의 가슴에 올라탔다. 두 손을 높이 치켜들어 주먹을 꽉 쥐었다. 이대로 내려치기만 하면 게임은 끝이다.

"하… 하… 하……."

하지만 현호는 주먹을 내려치지 않았다. 송승국의 얼굴이 새파랗게 변한 것도 이유였지만 그보다는 이런 어린아이 이겨서 뭐하겠냐는 생각이 그의 머릿속을 스친 것이다.

'지금 뭐 하고 있는 거냐.'

스스로에게 한심함을 느낀다. 빨리 아버지의 세금 문제를 해결해야 하는 마당에 어린애들 싸움이나 하고 있고.

"야야, 짱이 진 거지?"

누군가 속삭였다. 그러자 현호는 서둘러 몸을 일으켰다.

송승국은 쉽게 일어나질 못했다. 녀석을 뒤로하고 현호는 교실을 빠져나가 운동장으로 나가 버렸다.

'이유가 있겠지. 다시 사는 데 이유가 있을 거야.'

운동장 스탠드에 앉으며 현호는 한숨과 함께 흥분을 차분히 가라앉혔다.

그는 이전 삶에서 신을 믿지 않았지만 이렇게 된 마당에 뭐든 존재한다고 믿을 수밖에 없었다.

신이 있다면. 그래, 그렇다면 뭔가 이유가 있지 않겠는가.

다시 살아난 이유 말이다.

'일단은 아버지 일이 우선이야.'

그 일을 해결해야 앞으로 얽혀 버릴 실타래를 미연에 막을 수가 있다. 그것만으로도 인생이 바뀔 게 분명하다.

"저기……."

현호는 고개를 돌렸다. 송승국이다.

"뭐야? 또 싸우자고?"

"아니! 아니야, 그런 거."

새파랗게 질린 얼굴로 손사래를 친 송승국은 현호의 곁에 슬그머니 앉았다. 덩치만 봐도 둘의 차이는 확연하다.

이전의 삶에서 현호는 송승국과 어떤 접점도 있질 않았다.

국민학교 시절은 키도 작고 왜소해서 나름 자신의 포지션을 지키던 평범한 국딩일 뿐이었다. 그런데 이번에는 조금 어긋난 것이다.

사실 국민학생 싸움이 뭐가 있겠는가. 깡다구밖에 더 있나.

그마저도 꿇리면 우리 형, 내 친구들 운운하는 게 국민학생이다.

그런데 현호는 어린애들에게 쫄 이유가 없으니 깡다구 하나만으로 송승국을 이길 수 있었던 것이다.

"너 그런 거 어디서 배웠냐? 혹시 형 있어?"

송승국이 물었다.

"없어. TV 보고 배운 거야."

"아, 레슬링?"

"그래."

뭐 그렇다고 해두자.

"대단한데."

"용건 없으면 나 간다."

현호가 일어서려 하자 송승국이 주저하며 입을 열었다.

"저기… 우리 친구 할까?"

"뭐?"

150센티미터의 덩치가 130센티미터의 꼬맹이에게 친구 하자고 제안하고 있었다.

그것도 6학년 짱이 말이다.

현호로서는 색다른 기분이었지만 그다지 맞춰주고 싶은 생각은 없었다.

"내가 너랑 친구 먹을 군번이……."

말을 이어가던 현호는 입맛을 쩝 다셨다.

'하긴. 다시 살더라도 친구란 존재는 중요한 거지.'

죽기 전 삶에서의 친구들은 어땠는가.

학창 시절 친구들 대부분은 소식도 알지 못했다. 그나마 연락을 이어오던 친구 몇 놈조차도 서로 얼굴 한번 보지 못할 만큼 바쁘게 살았다.

대신에 사회 친구들은 많았다. 당연하지 않은가.

세무사가 직업이니 그래도 '사' 자 달린 직업이라고 이리저리 연락해 오는 이도 많았고…….

뭐, 그런 삶이었지만 정작 힘들어서 곁에 사람이 필요할 때는 술 한 잔 터놓고 마실 친구가 없다는 게 문제였다.

"그래, 친구 하자."

현호의 허락에 송승국의 얼굴이 밝게 폈다. 하지만 이내 다시 또 우울해지는 얼굴로 나직이 말을 이었다.

"근데 아까 싸움… 그거 비긴 거지?"

송승국의 조심스러운 모습에 현호는 픽 웃었다. 하긴 애들 앞에서 깨졌으니.

"그래, 비긴 거야."

"그럼, 너 부짱 할래?"

"부짱?"

"아, 아니. 우린 친구지만 서열은 서열이니까."

현호의 눈치를 살피는 송승국.

"그러든가."

"아, 진짜지?"

밝게 핀 녀석의 얼굴에 현호는 엉덩이를 털고 일어났다.

서로 다른 교실로 향하기 위해 복도에서 갈라지는데, 녀석이 현호를 붙잡고 물었다.

"근데 너희 반은 체험 학습 어디로 가?"

"체험 학습?"

"응. 우린 소방서 가기로 했는데."

현호는 송승국의 질문에 번뜩이는 게 있었다. 그걸 떠올리니 저도 모르게 웃음이 새어 나와서 복도 유리창으로 고개를 돌렸다.

'오호라, 이렇게도 이야기가 흘러가는구나.'

유리창으로 쏟아진 빛이 복도에 짙게 깔리고 있었다.

* * *

"그러니까 우리는……."

선생님의 말이 미처 끝나기도 전에 현호가 번쩍 손을 들었다. 지금 순간, 6학년 부짱이자 겁을 상실한 녀석이 손을 든 것이다. 반 아이들 모두의 시선이 그에게 쏠렸다.

"그래, 현호야."

"선생님, 우리 세무서 가요."

"응?"

30대 중반인 노처녀 선생님의 눈이 동그랗게 떠졌다. 그도 그럴 것이 뜬금없이 웬 세무서.

"왜?"

"나라의 기반은 세금이고, 국민의 한 사람으로서 세금이 어떻게 돌아가는지 알아야 될 의무가 있다고 생각합니다."

따박따박 생각을 토해내는 현호의 모습에 노처녀 선생님은 잠시 뜨악한 표정을 지었지만 이내 고개를 가로저었다.

"안 돼. 우리는 옆 반하고 소방서를 가기로 했어요."

이런.

현호는 눈썹을 구겼다. 이러면 안 되는데.

"선생님, 소방서는 굉장히 중요한 곳입니다."

현호는 일단 얘기나 시작해 봤다. 뭐 하나 얻어걸리면 좋은 거니까.

"그렇지. 그래서 소방서를……."

"하지만 그곳을 견학하는 것은 신중해야 합니다."

"어? 왜?"

선생님은 당황했다. 현호의 논리나 말투 때문이 아니라 그 눈빛이 어린아이 눈빛이 아니었기 때문이다. 마치 그녀를 한 수 아래로 보는 듯한 시선이다.

뿐만 아니라 지금까지 지켜본 현호는 아무런 존재감이 없었는데, 최근 사이 뭔가 달라졌다.

"불이라는 게 꼭 정해진 시간에 나는 건 아니잖아요? 때마침 우리가 방문했을 때 불이 나면, 그때는 우리의 존재가 방해될 수 있습니다."

"뭐어?"

"그렇잖아요, 긴급한 출동 현장에서 우리가 방해가 되면 큰 일이잖아요. 우리 때문에 1분, 2분 늦어지면 그만큼 다른 사람의 목숨이 더 위험해지는 것 아닌가요? 그렇지 얘들아?"

현호가 뒤돌아 아이들을 바라봤다. 6학년 부짱의 시선이다.

"어, 어."

다들 얼떨결에 대답을 했지만 선생님은 여전히 단호했다.

"안 돼."

현호는 결국 의자에 다시 앉아야 했다.

'이런, 역시 고집만으로는 안 되는 건가.'

아무리 다시 태어난들 세상이 제 맘대로 될 리가 없었다.

'에휴…….'

한숨을 내쉬는 그때.

자이언트 박진숙이 손을 높이 치켜들었다.

"선생님! 우리 세무서 가요."

"어? 너도? 얘들이 진짜. 세무서는 미리 허가를 받아야 해요."

"우리 아빠한테 말하면 갈 수 있을 거예요."

박진숙이 당당한 미소로 말했다.

'진숙이 아버지?'

현호는 고개를 갸웃하며 선생님과 진숙이를 번갈아 바라봤다. 선생님이 살짝 당황한 모습이다.

'진숙이 아버지가 뭐 하는 사람이지?'

하지만 현호는 그것에 대해 더 이상 생각을 잇지 않았다. 일단은 세무서에 간다는 목적만 있었기 때문이다.

*　　　*　　　*

'하… 세무서가 이렇게 컸나?'

현호는 어린아이 시선에서 보이는 거대한 세무서 건물의 모습에 넋을 놓고 바라봤다.

이전 삶에서 이곳에 처음 왔을 때가 떠오른다.

별것 아닌 심부름이었지만 세무사로서 첫발을 내딛는다는

생각에 가슴이 벅찼던 기억.

"현호야."

혼자 딴짓을 하고 있자 박진숙이 그에게 손을 흔들었다. 아이들은 이미 선생님을 따라 안으로 들어가고 있었다.

"쉿!"

현호는 입술에 검지를 가져가서 박진숙에게 조용히 할 것을 알린 다음 행렬에서 이탈했다.

어린아이 몸이라서 눈에 띄지 않게 재빨리 세무서에 들어갈 수 있었다.

'이야… 이때는 깨끗했네.'

보통 정부 건물들은 대개가 낡은 편이다.

아무래도 예산 문제도 있는 편이니 신축 건물이라고 해봐야 시 청사 외에는 허름한 옛 건물들이다.

물론 그건 2016년도의 기준이었고, 지금 현호가 보고 있는 건물은 지은 지 10년도 안 된 새 건물이었다.

현호는 그 낯섦과 옅은 페인트 냄새의 흔적을 좇으며 건물을 돌아다녔다.

더구나 국민학생의 신체는 강점이 하나 있었는데, 이곳저곳을 기웃거려도 수상하게 여기지 않고 철없는 어린아이로 비칠 뿐이었다.

'부가가치세… 부가가치세……. 찾았다.'

중얼거리며 건물을 누비던 현호는 마침내 목표했던 곳에 도착했다. 이전 삶에서 숱하게 들락거렸던 이곳.

과거 부가가치세과는 '과'라는 용어 대신에 '계'라는 용어를 썼으며, 지금 이곳은 부가 1계부터 부가 3계까지 있었다.

먼저 1계 사무실에 들어서며 혹여나 눈에 익은 얼굴이 있을까 싶어 조심히 발을 떼는 순간이었다.

"에휴……."

귀에 익숙한 한숨 소리가 들렸다.

현호는 서둘러 1계 입구를 벗어나 복도의 대형 거울 뒤로 숨었다. 예상대로 아버지가 모습을 보였다.

'아, 맞아. 세무서에 들르신다고 했었지.'

축 처진 아버지의 옆모습을 보니 가슴이 무겁다. 그런데 아버지의 얼굴에 갑자기 화색이 돌았다.

아는 사람이라도 본 건가 싶어 살펴보니, 복도를 걸어오는 안경 쓴 젊은 남자가 현호의 눈에 들어왔다.

"아이고, 최 조사관님."

최 조사관이라고?

"아, 차 사장님. 일 때문에 오셨나 봐요?"

"그게, 부가가치세 환급이 아직까지 안 돼서……. 당장 돈이 안 도네요."

"아직까지요? 흠, 이번에 맡은 담당이 염 조사관님이시죠?"

염 조사관이라고?

"예, 예."

최 조사관이 이마를 찌푸리자 아버지는 일말의 희망을 기대하는 시선으로 그를 바라봤다. 멀리서 지켜보는 현호에게도 그것은 무척이나 부담스러운 시선으로 비쳤다.

"어떻게 최 조사관님이 이전처럼 담당해 주시면 안 됩니까?"

집에서와 달리 아버지는 최 조사관의 눈치를 살피며 자존심을 숙이고 있었다.

"글쎄요. 담당자 바뀌는 거는 제가 뭐라 할 수 있는 게 아니라서요. 아마 곧 해결될 겁니다. 저는 이만."

"저, 저기……."

최 조사관은 고개를 살짝 숙이고 빠르게 지나쳐 갔다. 아버지가 서둘러 손을 뻗었지만 손끝은 힘없이 주저앉을 뿐이었다.

"에효."

다시 이어진 아버지의 한숨에 지켜보는 현호의 마음에도 씁쓸함이 쌓여갔다.

결국 아버지가 계단을 내려가고서야 현호는 거울 뒤에서 나올 수 있었다.

'최 조사관이라고? 그나마 저 사람은 일은 잘 처리해 줬었나 보네……. 근데 어디서 많이 본 것 같은 얼굴인데…….'

현호는 최 조사관의 얼굴이 눈에 익숙했다. 하지만 딱히 떠오르는 것이 없어서 고개를 갸우뚱하며 1계에 발을 들였다.

안에는 철제 책상이 여럿 놓여 있었고, 잡다한 종이들이 구석구석에 한가득씩 쌓여 있었다.

'하긴. 이때는 컴퓨터가 아닌 죄다 수기였으니까. 그나저나 염 조사관이라는 사람을 어떻게 찾나.'

고개를 두리번거려도 한눈에 전경을 파악하기가 힘들었다. 얼굴도 모르는 데다가 어디가 그의 자리인지 아는 바가 없었다.

그렇다면 방법은 한 가지다. 일일이 자리마다 확인하는 수밖에는.

'작은 키가 이런 때는 도움이 되질 못하네.'

현호는 사무실을 쥐새끼처럼 숨죽여 돌아다니며 책상을 살폈다. 다들 제 할 일들이 바빠서 눈높이 아래 있는 그의 존재를 눈치채지 못하고 있었다.

하지만 꼬리가 길면 잡히는 법.

'이크!'

좀 전의 최 조사관이라는 사람 곁을 스쳐 지나다가 눈이 마주칠 뻔했다. 살금살금 피하는데.

"꼬마야."

고개를 돌린 현호는 최 조사관과 정면으로 눈을 마주했다.

"너 중앙국민학교에서 견학 온 애지?"

"예."

"여기 들어오면 안 돼."

최 조사관은 미소와 함께 타이르듯 얘기를 했다.

'휴…….'

들키긴 했지만 현호는 오히려 안도의 숨을 내쉬었다.

이렇게 될 것은 이미 예상한 바였다.

빈집을 터는 것도 아니고, 누군가에게는 엄연히 직장인데 어린아이가 들쑤시고 다니는 것에는 한계가 있다. 그래서 현호가 기를 쓰고 체험 학습으로 이곳에 오자고 한 것이었다.

"여기는 뭐 하는 곳이에요?"

일단 들키기는 했지만 현호는 여전히 염 조사관의 흔적을 쫓아 주변을 살피며 최 조사관에게 물었다.

천진한 미소의 아이가 질문을 하니 최 조사관도 마지못해 설명을 이었다.

"여기는 말이야, 너희 부모님이 우리 대한민국을 운영하라고 주신 세금을 관리하는 곳이야."

"아아, 어떻게요?"

질문이 다시 이어지자 최 조사관의 얼굴이 슬슬 굳어지고 있었다.

하지만 현호는 아직까지 염 조사관을 발견하지 못했다. 좀 더 시간을 끌어야 한다.

"뭐, 이걸 보면 말이다……."

내키진 않겠지만 최 조사관은 대충 하나 보여주고 끝내려는지 책상에 있는 장부를 손으로 가리켰다.

현호는 마지막으로 눈썹을 구겨가며 구석진 자리에 앉은 사람의 얼굴을 확인하고서야 최 조사관의 손길을 따라 장부를 바라봤다.

"여기 보면 숫자들이 있지?"

"예."

최 조사관의 손길을 따라 장부를 훑기 시작했다.

사실 현호도 이렇게 수기로 쓴 장부는 처음 보는 것이었다. 그 역시도 컴퓨터 세대이기 때문이다.

'근데 이걸 언제 손으로 쓰고 있냐…….'

어느새 현호는 염 조사관을 찾는 것은 뒤로하고 수기 장부를 집중해 살펴봤다.

장부는 페이지가 반으로 나눠져 있는데, 대차대조표의 형식과 비슷해 보였다. 그러다 보니 현호도 대충은 계산 방법이 눈에 들어왔다.

'자산… 부채… 여기는 자본……. 뭐, 이런 식인가. 어? 이게 맞는 건가? 뭐지? 실수인 건가?'

현호는 손가락으로 해당 숫자를 가리켰다.

"이거 맞는 거예요? 이쪽에 0이 하나 빠진 것 같은데요?"

0이 하나 빠졌다는 것은 꽤 큰일이다. 천만 원이 백만 원이 된다는 얘기니까.

"응? 어디……."

최 조사관은 신음과 함께 현호가 가리킨 숫자를 한참을 바라봤다. 그러더니 연신 눈썹을 찌푸리며 계산기를 두드리기 시작했다.

현호는 더 이상 이 자리에 계속 있을 필요가 없었기에 슬금슬금 뒷걸음질을 쳤다.

그렇게 최 조사관의 얼굴을 뒤로하고 2계로 발길을 돌리려던 현호는 문득 걸음을 멈췄다.

'어?'

현호는 다시금 슬쩍 고개를 들이밀어 책상에 앉아 있는 최 조사관의 옆모습을 살폈다.

'살짝 들어간 볼, 매끈하지만 단단한 입술, 메주콩 같은 귀……. 저 사람은?'

순간 현호는 입을 쩍 벌렸다.

'이럴 수가!'

최 조사관은 바로 현호의 이전 삶에서 강남세무서장까지 오른 인물이었다. 더구나 별일만 없다면 뇌물 스캔들로 해임된 국세청장의 자리를 이어받을 거라 유력시됐던 사람이다.

'맞아, 저 사람이 맞아. 그래… 청렴하다고 소문이 자자했었지.'

이제야 이해가 간다. 저러니 아버지가 여태 뇌물을 안 쓰고도 잘 넘어갈 수 있었던 것이다.

신기한 일이었지만 지금 현호의 목적은 최 조사관이 누구인지가 궁금한 게 아니었다. 그는 다시금 발길을 돌려 2계로 향했다.

'대체 염 조사관은 어디에…….'

현호는 점점 마음이 조급해지고 있었다. 빨리 찾아야 되는데 보이지가 않는다. 체험 학습 시간도 서서히 끝나고 있었다.

그렇다고 현호가 염 조사관을 찾아서 뭘 어쩌겠다는 것은 아니었다. 그래도 일단은 상대가 누군지는 알아야 대응을 하는 거니까.

이제 2계의 마지막 남은 구석 자리를 확인하려 움직일 때였다.

"저기, 염 조사관님 안 계신가요?"

느닷없이 들린 남자의 목소리에 현호는 빈자리로 잽싸게 몸을 숨겼다.

"저 맨 끝자리가 염 조사관님 자리입니다."

누군가의 안내가 이어지자 남자가 서둘러 염 조사관의 자리로 향했다. 바로 현호가 확인하려 했던 맨 끝의 빈자리였다.

'옳지, 저기가 염 조사관 자리구나.'

현호는 남자를 주시했다. 남자의 손에는 선물용 훼미리 주스 2병들이 상자가 들려 있었다. 그는 주위를 살짝 두리번거리더니 염 조사관의 책상 아래에 상자를 슥 밀어 넣었다.

"흠, 흠."

남자는 헛기침을 두 번 하고 나서는 서둘러 걸음을 옮겨 2계를 빠져나갔다. 그제야 현호는 재빨리 염 조사관의 자리로 이동했다.

'정신없네. 정리 좀 하고 살지.'

책상 한편에는 서류 뭉치가 한가득이고 반대쪽엔 담뱃갑과 재떨이가 지저분하게 놓여 있었다.

'좀 전에 뭘 놓고 간 거야?'

호기심에 손을 뻗어 음료수 상자를 확인한 현호는 예상되는 시나리오에 실소를 머금었다.

그것은 두툼한 돈 봉투였다.

슬쩍 보니 푸릇푸릇한 만 원권 지폐가 묵직하게 담겨 있다.

돈 봉투를 가져갈 순 없는 노릇이니 다시금 원래의 자리에 놓은 현호는 다시 책상 위를 살폈다. 그러자 사진을 발견할 수 있었다.

'으흠, 염 조사관이 요렇게 생겼……'

이럴 수가.

사진 속 염 조사관의 얼굴을 본 현호는 이번에도 눈을 동그랗게 뜨고 마른침을 꿀꺽 삼켰다.

그는 바로 이전 삶에서 뇌물 수수 사실이 밝혀진 국세청장이었다. 세무대학 출신에, 기획재정부 장관 후보에 올랐다가 인사청문회에서 온갖 뇌물 수수 사실로 개털린 인물이었다.

그래서 그다음 국세청장으로 거론되고 있던 이가 바로 최조사관.

'기가 막히는구나. 가장 더러운 인간과 가장 깨끗한 인간이 한자리에서 근무했었다니.'

더구나 그 둘이 번갈아 현호의 아버지를 담당하고 있었다.

어떻게 이런 인연이 있었단 말인가.

'그럼… 이 개자식 때문에 우리 가족이 그렇게 힘들게 살았었다는 거야?'

죽기 전, 사무실에서 컵라면이나 먹으면서 국세청장의 탈세와 뇌물 수수 혐의 뉴스를 큰 감흥 없이 바라봤었던 현호였다.

그런데 알고 보니 이 자식이 완전 철천지원수가 아닌가.

현호는 다시 음료수 상자를 바라봤다.

'염병, 이때부터 싹수가 보였구나.'

복장이 터질 일이다.

아버지의 회사만 잘됐어도 현호의 가족이 시장 모퉁이 여관방을 전전하지 않아도 됐을 테고, 그랬다면 강진우 그 개자식에게 빌빌거릴 일도 없었을 테고, 부모님이 이혼할 일도 없었다.

물론 아버지가 돌아가실 일도…….

그러니까 이 한 놈이 일가족의 인생을 제대로 꼬아버린 것이다.

3장

다시 살아갈 결심

"얘들아, 뛰지 마라."

현호가 분노로 들끓는 가슴을 식히고 있는 사이 북적이는 소리가 들렸다. 6학년 4반 아이들이었다.

선생님이 이곳까지 애들을 끌고 견학을 온 것이다.

'일단은 누군지 알았으니까.'

현호는 서둘러 아이들 행렬에 합류했다. 자이언트와 눈이 마주쳤지만 시선을 피하고 선생님을 바라보며 생각에 잠겼다.

'어떻게 복수를 하지?'

뭐부터 할까.

이제는 뇌물이 문제가 아니었지만 현호는 일단 고개를 가로저었다.

'우선은 아버지 일을 해결하는 게 먼저야.'

분노는 이성을 마비시킨다. 좀 전까지 현호 역시 그랬다.

하지만 이성적으로 판단한다면 복수 이전에 아버지의 회사부터 살리는 게 문제였다.

그리고 그 방법이 뇌물이라면, 어쩌겠는가.

지난날의 분노는 분노고, 지금은 현재의 삶이 더 중요한 게 아닌가.

막말로 지금 삶에서는 그 일이 아직까지는 일어나지 않았으니 말이다.

'하지만 뇌물은 어떻게 할까.'

지금 당장 현호에겐 돈이 없었다.

국민학생이 무슨 돈이 있고, 무슨 수로 돈을 모은단 말인가.

공병을 모은들, 찌라시를 돌린들 기껏해야 몇백 원.

그렇다고 이 나이에 어디서 돈을 빌릴 수도 없는 노릇이고.

'후… 돈이 있으면 또 뭐해…….'

설사 돈이 있다고 해도 그것을 줄 방법도 요원했다. 아버지는 뇌물을 주는 것을 여전히 꺼리고 있었고, 그렇다고 현호가 대신 건네준들…….

'그래, 아버지 심부름 왔다고 하고 담뱃갑을 건네볼까.'

담뱃갑.

이는 이전 삶에서 현호가 가끔 써먹던 소재다. 담뱃갑 안의 담배를 덜어내고 그 안에 5만 원권이나 수표를 뭉치로 넣어서 공무원에게 슥 건네는 것이다.

요게 은근히 안전하고 공무원들이 선호해서 가끔 써먹던 방법이었다.

'그럼 돈은 어떻게 할까.'

다시금 돈으로 생각이 이어진다.

'어떻게 당장 할 수 있는 방법이 없을까?'

고민을 이어봐도 딱히 뾰족한 수가 나오질 않았다.

'젠장…….'

다시 태어났다고 돈에서 자유로운 것은 아니었다. 아무리 한 번 삶을 살아봤어도 돈을 모으려면 밑천이 있어야 하고 계획이 있어야 하는 법이다.

그리고 어린 시절의 기억은 제대로 된 것이 하나도 없었다.

중학교 이후의 기억에서나 굵직한 사건들이 하나둘 떠오를 뿐이었다. 그러니 이전 삶에서의 기억으로 돈을 벌겠다는 생각은 섣불리 할 수가 없었다.

'차라리 그걸 가져갈까?'

현호는 염 조사관의 책상 아래 있는 음료수 상자를 떠올렸다. 하지만 이내 고개를 가로저었다.

만약 현호가 성인이었고, 지금 같은 궁지에 몰린 상황에서라면 음료수 상자 속 돈에 손을 댔을지도 모른다. 지금 시대는 CCTV도 없으니 말이다.

하지만 지금 그는 성인이 아니다. 그리고 성인이 아니라는 뜻은, 그의 잘못과 실수는 바로 부모님의 책임으로 이어진다는 것이다.

'하, 미치겠네.'

지금 현호는 어린아이 몸이 되고 처음으로 난관에 봉착했다.

도저히 답이 쉽게 나오질 않았다. 고민이 계속 이어지는 찰나.

"허허허. 미래의 일꾼들이 저희 세무서를 찾아주셔서 영광입니다."

너털웃음 뒤에 나타난 이는 풍채가 좋은 남자였다.

선생님은 그 남자를 가리키며 소개를 이었다.

"여러분, 지금 오신 분은 여기 세무서를 책임지는 세무서장님이세요."

"우와!"

배불뚝이 아저씨를 누가 반기겠냐마는, 그나마 아이들이라서 그런지 호응하며 그를 반겼다.

"여러분 여기가 어디인지 아십니까? 여기 계신 공무원분들은 중소기업부터 대기업까지 기업들의 다양한 세무 문제를 다루고 해결하는 분들이랍니다."

세무서장이 설명을 이었지만, 그러거나 말거나 지금 현호의 머릿속에는 온통 문제의 돈을 어떻게 할 것인가로 꽉 차 있었다.

"근데 서장님, 우리 엄마가 그러는데 공무원들은 나쁜 사람들이라고 했어요. 막 돈을 달라고 그러기도 한다고."

지난번 현호에게 얻어터진 태권도였다. 아마 이름이 권순태였나.

태권도의 질문에 세무서장이 껄껄 웃었다.

"어머님께서 농담을 하신 것 같네요. 공무원들은 청렴한 사람들입니다."

현호는 미간을 좁혔다.

'청렴하다고? 웃기시네.'

그때였다. 머릿속이 번뜩였다.

현호는 눈을 부릅뜨고 고개를 추켜들어 세무서장을 바라봤다.

'결론은 염 조사관이 담당이 아니면 되는 것 아닌가. 바뀐 담당도 문제면 또 그때 가서 생각하면 되지.'

현호는 떠오른 방법이라는 것이 너무도 허무해서 헛숨을 토했다.

지금 그는 성인이 아닌 국민학생이다. 사실 성인들이나 뇌물 운운하는 것 아닌가.

그러니 지금 상황에서 굳이 논리를 따질 이유도, 성인의 행동으로 이어갈 필요도 없는 것이다.

그렇게만 따진다면 그저 단순하게 해결할 수도 있는 문제였다.

"자, 그럼 우리 다른 데로 가볼까……."

"저, 선생님!"

현호가 목청껏 외치며 손을 번쩍 들었다. 모두의 시선이 현호에게 쏠렸다.

"어, 왜?"

"저 서장님한테 질문드려도 될까요?"

그러자 세무서장은 뚱한 시선으로 현호를 내려다봤다. 그러나 그 시선도 잠시, 다시금 미소와 함께 허리를 숙여 현호와 눈높이를 맞추고 물었다.

"뭔데 그러니?"

"다른 게 아니고요. 왜 여기 계신 분들은 음료수 상자 속에 돈 봉투를 가지고 있어요?"

"뭐? 허허!"

순간이지만 세무서장은 당황스러웠다. 아이의 얘기를 듣자마자 뇌물임을 눈치챘다.

물론 여기 그런 놈이 한둘인가.

대체 어떤 칠칠맞지 못한 놈이 받아먹은 것 하나 제대로 관리 못 해서 흘리기라도 했단 말인가.

"그게 무슨 소리니? 허허, 잘못 봤나 보구나."

"아닌데. 저기 아저씨 자리 아래에 있는 음료수 상자 안에 돈 봉투 있던데요?"

현호는 직접 염 조사관의 책상으로 달려갔다.

그리곤 누가 말릴 틈도 없이 음료수 상자를 꺼냈다. 그러자 안에 있던 돈 봉투가 바닥에 툭 떨어지고 그 안에서 만 원권 지폐 수십 장이 쏟아졌다.

파르르.

그때 마침 염 조사관이 바지춤을 추켜올리며 부가 2계에 들어오고 있었다.

당황하고 있던 세무서장의 시선이 염 조사관에게 향했다.

뿐만 아니라 모든 아이의 시선과 선생님의 시선, 다른 세무 조사원들의 시선까지 염 조사관에게 향한다.

"무, 무슨 일이… 세요?"

영문을 모르는 염 조사관.

자신에게 쏠린 시선에 불길함을 느끼고 마른침을 꿀꺽 삼켰다.

"자네, 나 좀 보지."

세무서장의 비장한 시선에 염 조사관의 목울대가 크게 들썩인다.

*　　　*　　　*

아이들의 부모들은 실로 다양한 직업을 가지고 있었다. 아버지가 기자인 아이도 있었고, 기업인, 정치인도 있었다.

세무서 돈 봉투 사건은 삽시간에 퍼져 나갔다.

지역사회 신문에 나온 것을 시작으로 뉴스에까지 나오고 말았다.

이는 현호조차도 예상치 못한 일이었다.

하지만 이마저도 시간이 조금 흐르자 유야무야 넘어가는 분위기였다. 이 시대는 관행적으로 이런 일이 다반사였기 때문에 뇌물에 대한 인식 자체가 관대한 편이었다.

다만 그 일로 인해서 현호의 아버지는 담당이 다시 최 조사관으로 바뀌었고, 큰 문제 없이 부가가치세를 환급받을 수 있었다.

이제야 돈에 숨통이 트인 것이다.

설사 최 조사관이 맡지 않았어도 한동안 그 세무서에서 뇌물이 오갈 리는 없을 것이다. 바보가 아닌 이상 눈치라는 게 있을 터이니 말이다.

"여보, 일찍 들어와요?"

"응!"

요즘 출근하는 아버지의 표정이 힘차다. 엄마의 얼굴에는 홍조가 다분히 섞여 있었다.

'이거, 이거. 설마 동생이 또 생기는 거 아니야?'

이전 삶에서는 없던 일이지만 가능성이 아예 없다고 볼 수는 없었다. 이제 운명은 새롭게 바뀌었기 때문이다.

아무튼 현호는 요즘 밤마다 귀를 틀어막고 자야 할 정도였다.

그리고 당연한 일일지도 모르지만 돈이 돌자 아버지 사업도 무리 없이 진행되고 있었다.

그래 봐야 건설 업체 하도급이니 앞으로도 엄청난 성공의 수준까지는 오르지 못할 것이다.

만약 현호였다면 한동안 건설 붐이 계속 이어질 것을 알고 있으니 이참에 제대로 사업에 뛰어들 수도 있었을 것이다.

하지만 아버지의 성정을 잘 아는 현호로서는 지금 상태가 무탈하게 이어지기만을 바랄 뿐이었다.

"엄마, 나 그럼 미술 학원 계속 다녀도 돼?"

"그럼!"

미숙이는 마냥 좋은 듯했다. 현호는 자신에게도 학원 다니라는 말이 나올까 봐 서둘러 집을 빠져나왔다.

'이 나이에 속셈 학원은 아니지.'

현호는 슬슬 13살의 나이에 익숙해지고 있었다.

늘 그렇듯 학교 가는 길에 잠시 버스 정류장에 들렀다. 거기에는 가끔 버려진 신문이 있기 때문이다.

'오케이.'

현호는 버려진 신문을 주워서 힘껏 펼쳤다.

어린아이가 정류장의 낡은 의자에 앉아 두 다리를 흔들며 신문을 읽는 모습은 타인의 호기심을 불러일으키기에 충분했다.

"미 하원 청문회에서 의원들의 질문에 답변하는 힐링 여사……."

현호는 신문을 읽어 내려가다 기억 속에 남아 있는 미 정치인의 젊은 시절 모습에 호기심을 갖고 유심히 바라봤다.

'와, 이때는 예뻤네. 세월이란 게, 참…….'

신문을 넘기려는데 곁에 앉아 있던 남자가 혀를 찼다.

"쯧쯧, 여자가 무슨 정치야."

그 소리에 현호는 픽 웃으며 신문을 접었다.

나중에 당신이 서 있는 대한민국에서 여성 대통령이 나온다는 것을 알면 기겁하겠다 싶었다. 뭐, 물론 그때도 호불호가 갈리지만.

"앗! 늦었다."

9시 10분. 지각이다.

현호는 버스 정류장을 벗어나 학교로 향했다. 정문으로 가는 대신에 학교 뒷담으로 향했다. 그곳에는 유난히 낮은 담이 있었는데, 어린아이도 쉽게 넘어갈 수 있기 때문이다.

"어이, 거기!"

옆에서 들린 소리에 현호는 어깨를 움츠렸다.

'아차, 걸렸나 보네.'

선생님에게 들켰나 싶어 얼굴을 찌푸리고 고개를 돌렸다.

"에이, 뭐야."

하지만 현호의 눈에 비친 것은 선도부이자 6학년 짱인 송승국이었다.

"하하, 그냥 정문으로 들어오지 뭘 그렇게 숨어서."

6학년, 더구나 전교 부짱이니 현호라면 정문을 무사통과하는 게 어려운 일이 아니다.

그가 굳이 이런 행동을 하는 것은 수십 년 만에 느끼는 이 작은 일탈이 좋았기 때문이다.

"일 없어."

"뭐?"

"일 없다고."

"그게 무슨 말이야?"

송승국은 무슨 뜻인지 모르는 것 같았다. 현호는 픽 웃으며 고개를 가로저었다.

"아니야, 아무것도."

"야! 너, 나랑 같이 도장 안 다닐래?"

"도장?"

송승국의 질문에 현호는 잠시 생각을 해봤다.

'그래. 깡다구 싸움도 초등학교, 중학교 때나 가능한 거지.'

어차피 다시 사는 삶.

가능하면 힘도 좋고 체력도 좋으면 더 좋지 않겠는가.

"무슨 도장?"

"복싱."

"뭐어?"

무슨 국민학생이 복싱인가 싶었지만 지난번 송승국이 내지른 주먹에 제대로 맞은 것을 떠올린 현호는 고개를 끄덕였다.

"그래. 같이 다니자."

"약속한 거다."

이 나이대의 아이들은 학원을 같이 다니는 것도 우정이다.

고등학교 때는 입시다 뭐다, 학원 친구들끼리도 경쟁을 하지만 지금은 아닌 것이다.

"그래, 약속."

* * *

송승국과 헤어져 교실에 들어온 현호에게 자이언트 박진숙이 다가왔다.

"현호야."

"왜?"

"너 선생님이 오라는데?"

"앗, 걸린 거야?"

"그러게 빨리 다녀야지."

타박 어린 말투와 달리 자이언트의 시선이 왠지 따뜻해 보였다.

현호는 책상에 가방을 내려놓고 교무실로 향했다.

"이 녀석아, 손 안 빼!"

자연스럽게 주머니에 손을 넣고 교실을 나오던 현호는 복도를 지나던 선생님의 빽 지른 소리에 서둘러 손을 빼고 계단을 내려갔다.

드르륵.

"선생님, 부르셨어요?"

어차피 혼나는 거 현호는 미소와 함께 물었다.

능글맞은 그 모습에 노처녀 담임은 기가 찬 표정이었다.

"이 녀석이 곧 중학생 된다고 상습적으로 늦네. 너 거기서 무릎 꿇고 손들고 있어."

"옙!"

현호는 그대로 주저앉아 무릎을 꿇고 손을 번쩍 들었다.

그러자 선생님은 고개를 절레절레 흔들며 책상에 놓인 통장 몇 개를 챙겨 들었다. 그때 통장 하나가 툭 떨어졌다.

현호가 재빨리 달려가 통장을 주웠다.

'어? 선생님 게 아니네?'

낯선 사람의 이름이었다.

"선생님, 이거 선생님 이름 아닌데요?"

성인과 어린아이의 차이점은 궁금한 것을 물었을 때 어린아이는 깊은 뜻이 없다는 것이다. 성인처럼 이것저것 계산하며 질문을 하는 것과는 근본적으로 다른 것이다.

그리고 지금 현호의 질문도 선생님의 눈에는 그렇게 비쳤다.

"이거 선생님 할아버지 거야. 할아버지가 많이 위독하셔서 선생님이 잠깐 관리하는 거야."

선생님은 통장을 받아 들며 콧바람을 살짝 뿜었다. 한데 잠깐 관리하는 것을 왜 학교까지 가져온 것일까. 그것도 여러 개를.

'혹시 돈을 빼려고?'

현호는 고개를 끄덕였다. 대충 선생님의 행동이 예상됐다.

아마도 할아버지가 돌아가시기 전에 통장에서 돈을 빼서 옮기려는 것일 터.

흔한 일이지만 이는 근본적으로 잘못된 행동이다.

지금처럼 선생님뿐 아니라 대부분의 일반인들도 자칫 실수할 수 있는 사항이다.

통장에서 빼기만 하면 돈이 제 것일 것 같지만, 문제가 생길 요지가 다분하며 오히려 안 내도 될 세금을 내야 하는 처지에 놓일 수가 있다.

할아버지가 돌아가실 경우에 사전에 인출한 재산을 증여로 추정해 상속세 과세 대상에 포함되기 때문이다.

'이걸 말해, 말아.'

잠시 고민이 이어졌지만 얘기를 한다고 아이 말을 믿을까.

하지만 모른 체하기에는 인간적으로 신경이 쓰이는 게 사실이다.

"저기 선생님, 그 통장 손대면 안 돼요."

"어?"

뒤돌아선 그녀가 눈을 동그랗게 떴다.

"그거 건들면 나중에 문제 생길 수도 있어요."

"문제? 무슨 문제?"

그러자 현호는 어린아이답지 않게 한숨을 흘리며 다가갔다.

'뭐, 복잡하게 설명할 필요 뭐 있겠어.'

지난번의 경험도 있겠다, 그대로 그녀의 책상으로 다가가 전화기를 손에 쥐었다.

좌르르 좌르르, 동그란 다이얼을 수차례 돌리고서야 수화기를 그녀에게 내밀었다.

"이분한테 물어보세요."

"누군데?"

"세무서 아저씨요."

"뭐어?"

노처녀 선생님의 눈이 동그래졌다. 근데 왜 볼은 붉어진 걸까.

"이러이러한데 어떻게 해야 하냐고 물어보세요. 그럼 알려주실 거예요."

"현호야, 너 무슨 소리 하는 거니?"

—여보세요? 강남세무서 최영식 조사관입니다.

수화기에서 최 조사관의 목소리가 흘렀다.

현호는 그날 최 조사관의 책상에 붙어 있던 전화번호를 외워뒀었다. 이럴 때 쓰려고 한 건 아니었지만.

"현호야!"

당황한 선생님이 소리를 빽 질렀다.

"어서 물어보세요. 솔직히 다 말하세요."

노처녀 선생님의 동공이 흔들린다. '솔직히'라는 단어가 그녀에게 있어서 갈등을 주고 있는 것이다.

—여보세요? 누구세요? 말씀하세요.

반복해 최 조사관의 목소리가 흐르자 결국 선생님은 입술을 빨며 수화기를 손에 쥐었다.

"저… 일전에 체험 학습으로 방문한 중앙국민학교……."

통화가 이어졌다. 그사이 현호는 다시 무릎을 꿇고 통화가 끝나기를 기다렸다.

이따금 선생님의 표정이 변했다. 놀라기도 하고 진중해지기도 했다. 그 모습을 보며 현호는 옅은 미소를 보였다.

오지랖 같은 게 아니었다.

돈.

세무사는 기본적으로 돈을 아끼는 사람들이다.

그것이 내 돈이든, 혹은 고객의 돈이든 그것을 아꼈을 때는 야구 선수가 홈런을 친 것과 같은 쾌감을 느낀다.

'지금 것은 내야 안타 정도는 되겠네, 훗.'

죽기 전 현호는 세무사가 된 것을 후회했다.

아내뿐 아니라 딸까지 멀어졌고, 생활은 엉망이었다.

물론 그렇게 된 이유야 이 시절 아버지 사업 실패로 이어진 집안의 불우한 환경과 스스로를 컨트롤하지 못한 것 때문이지만, 어찌 됐든 세무사로서 그렇게 행복한 삶은 아니었다.

그런데 얼마 전 아버지 사건에서 느꼈듯, 현호는 자신의 지식으로 삶을 바꿔냈다.

그 묘한 쾌감이 여전히 가슴 한편에 자리하고 있었다.

앞으로 삶이 어떻게 바뀔지는 모르겠지만 그 쾌감을 잃고 싶지는 않았다.

툭.

선생님이 수화기를 내려놓았다.

의자를 돌려 현호를 바라보는 그녀의 시선은 복잡 미묘했다.

"올라가. 다음부터 늦지 말고."

"예."

누그러진 그녀의 목소리를 따라 일어났다. 그러자 그녀가 다시 그를 불렀다.

"현호야."

"예?"

"너 이런 건 어떻게 알았니?"

"예전에 큰아버지가 선생님 같았거든요. 그게 기억나서요."

현호가 얼굴색 하나 바꾸지 않고 말하자 선생님은 고개를 끄덕였다.

"선생님이 현호 덕분에 실수를 미연에 방지할 수 있었네. 그래, 알고 있는 지식은 이렇게 써야지."

선생님이 손을 뻗었다. 그게 손을 잡으라는 뜻 같아서 현호는 작은 손을 쭈뼛쭈뼛 내밀었다. 그녀의 고운 손이 붙들 때까지.

"우리 현호, 중학교 들어가서도 열심히 할 거지?"

현호는 대답 대신 고개를 끄덕였다.

이런, 왜 갑자기 가슴이 뭉클한 걸까.

"그래. 자, 선생님이 우리 현호 한번 안아보자."

조금 오버스럽지만, 그녀의 품에 안기면서 현호는 앞으로 그녀의 인생이 어떻게 변했던가를 떠올려 봤다. 물론 기억나는 것은 없었다.

그녀의 삶이 어떻게 됐는지 이전에는 궁금하지 않았으니까.

"앞으로 좋은 사람 되고, 늘 행복하고, 그리고……."

품에 안은 그를 놓으면서 그녀가 손을 뻗었다.

머리를 쓰다듬는 줄 알고 살짝 머리를 기울였더니만 그녀의 손은 현호의 작은 귀를 힘껏 움켜쥐었다.

"지각하지 말고!"

"아야!"

그렇게 현호의 두 번째 국민학교 생활도 끝나가고 있었다.

날씨가 차가워지면서 입가에 김이 서리기 시작했다.

거리를 지나는 사람들의 입이 들썩일 때마다 새어 나오는 입김을 바라보며 현호는 복싱 도장에 들어섰다.

부모님을 설득해 도장에 다닌 지 이제 겨우 한 달.

어린아이들이 배우는 것은 한계가 있었다.

관장도 제대로 가르친다기보다는 흉내만 내게끔 알려주는 식이었다. 그렇지만 송승국과 차현호는 어린아이답지 않게 꽤 열심히 연습을 했다.

처음에는 애들 장난 같던 자세에, 샌드백을 두드려도 미동도 없었지만, 슬슬 샌드백에서 나는 소리가 커져 갔다.

도장에 있는 사람들도 호기심에 이따금 그 둘을 지켜보기도 했다.

"하… 하……."

송승국이 이마에 맺힌 땀을 훔치며 빈 의자에 걸터앉았다. 키가 있어서 제법 폼이 잡힌 녀석이었다.

그 와중에 현호는 몇 번 더 샌드백을 내려쳤다.

도장에는 아이의 손에 맞는 글러브가 없어서 관장이 매일 핸드랩(붕대)을 해주곤 했다.

"너 되게 재미있어하는 것 같다?"

송승국의 얘기에 현호는 피식피식 웃었다.

'진짜 재밌네.'

솔직히 하루하루 실력이 느는 게 재밌었다. 이전 삶에서는 그저 헬스장에서 러닝머신을 뛰는 게 전부였다.

그나마도 주말, 특히 술 마신 다음 날은 가질 못했으니 한 달에 열흘이나 갈까 말까였다.

팡! 팡!

제법 소리가 괜찮게 난다.

'이렇게 성인으로 자란다면.'

아마도 주먹깨나 쓸 수 있게 될 것이다.

"근데 현호야, 너 나중에 뭐 할 거야?"

송승국의 질문에 현호는 그제야 샌드백을 두드리는 것을 멈췄다.

"뭐?"

"나중에 뭐 할 거냐고."

대답 없이 현호는 바닥에 놓인 물병을 손에 쥐었다.

'저 녀석은 벌써 진로를 고민하는 건가? 훗, 특이한 놈이네.'

하긴 운동하는 것만 봐서는 현호보다 송승국이 더 대단하다.

성인의 정신력과 어린아이의 정신력은 차이가 있다. 보통 어린아이들은 뭐든 대충 하고 그만두는데, 이 녀석은 아니었다.

"넌 뭐 할 건데?"

물병을 내려놓고 현호가 되물었다.

"나? 나는 배우 되려고."

"배우?"

"응. 연예인."

미래에는 연예인이란 직업이 각광을 받지만, 지금 80년대 시대는 아니었다.

오히려 광대놀음이라고 폄하하는 이들도 있었다.

그런데 배우라니.

'쟤가 배우를 한다고?'

만약에 정말 이 아이가 배우를 할 생각이고 열심히 노력했다면 현호가 이전 삶을 살 때 TV에서 그를 봤을지도 모르는 일이다.

'설마…….'

현호의 눈이 두 배로 커졌다.

"너… 이름이 뭐라고 그랬지?"

이미 알고 있지만 직접 들어야 될 것 같았다.

"자식, 장난하나. 송승국!"

송… 승… 국…….

'그 한류스타 송승국이라고? 중국의 유명 여배우와 스캔들이 났던 그 자식이라고?'

기가 막힐 노릇이었다.

현호는 지금 미래의 초특급 스타를 마주하고 있는 것이었다.

"세상에……."

입술을 몇 번이나 달싹이면서 송승국을 바라봤다.

'아니, 세상에 송승국이 내 동창이었어?'

그래, 저 짙은 눈썹, 뚜렷한 얼굴 라인, 그리고 국민학생답지 않은 신체 밸런스.

"너, 정말 꿈이 배우야?"

현호가 되물었다.

"그렇다니까."

"그러면 절대 포기하지 마. 알았지? 절대, 절대!"

"으, 응."

얼떨결에 고개를 끄덕이고 나서 갸우뚱하는 송승국.

현호는 송승국의 정체를 알게 되자 한 가지를 더 떠올렸다.

"그리고 너, 나중에 세금 문제 생기면 내가 처리해 줄게."

"뭐?"

"너 나중에… 아니다, 됐다."

한류 스타 송승국은 2013년에 세금 문제로 여론의 몰매를 맞는다.

그때 세금 폭탄을 맞아서 한동안 재기를 하네 마네, 말들이 많았었다.

물론 그때도 담당 세무사의 실수에서 비롯된 것이라고 유야무야 넘기긴 했지만.

'일하면서 연예인 친구 하나 있었으면 했는데.'

이런 식으로 엮일 줄이야.

나중에 여자 연예인을 소개받을 수도…….

잘되면 이번 삶에서는 예쁜 연예인과 결혼할 수도 있겠구나, 생각하며 현호는 샌드백을 향해 주먹을 내질렀다.

펑!

* * *

국민학교 방학은 완전 꿀이다.

거기에 6학년 겨울방학은 말 그대로 자유였다. 숙제도 없었으며, 부모님도 딱히 터치하지 않았다.

때문에 현호는 개학 때까지 매일 복싱 도장에서 살았다.

국민학생이 복싱 도장에서 뭘 하겠냐 싶었던 관장은 매일 오는 현호의 모습과 하루가 다르게 달라지는 자세에 이제는 당사자인 현호보다 더 가르치는 데 열을 올렸다.

“인마, 천천히 먹어라.”

평소에는 점심에 라면 하나만 끓여 먹는 관장이었지만, 현호가 오고 나서는 라면을 두 개씩 끓이는 관장이었다.

“우와, 역시 관장님 라면이 제일 맛있어요!”

현호가 엄지를 내밀었다.

“이놈은 빈말도 잘해.”

“헤.”

관장은 좋은 사람이다. 현호는 그것을 충분히 알 수 있었다. 그저 느끼는 감정이 아니다.

그동안 고객들 상대하면서 별의별 인간 군상을 겪어본 현호였다.

“근데 너, 애들이랑 좀 놀러 다니지 그러냐? 중학교 들어가면 낯선 환경이라 적응하기 힘들 텐데. 여기만 있지 말고 놀이공원도 가고. 에, 그 뭐냐. 그래, 썰매장도 가고.”

어린아이답지 않은 현호가 조금 걱정되는 관장이었다. 그러자 현호는 라면을 입에 넣고 입술을 오므리며 말했다.

“노느니 뭐해요. 이럴 때 열심히 해둬야지.”

"뭐어?"

관장은 기가 막혀서 피식 웃음을 흘렸다.

"뭐 이런 애늙은이가 있어? 하하, 더 먹어라."

그렇게 겨울방학도 끝이 나고 다들 학교에 돌아왔다.

현호는 새삼 모여 있는 아이들의 모습에 가슴이 벅차오름을 느꼈다.

그동안 이 아이들과 석 달을 함께했다. 잔정이 들 수밖에 없었다. 송승국, 태권도, 쭉정이, 자이언트…….

'참 내, 다들 이거, 내 자식들 같네.'

이 녀석들이 이제 중학교에 들어가고, 고등학교, 대학교를 나와 사회에 뛰어들 것이다.

어찌 그 과정이 순탄하기만 할까.

앞으로 힘든 일들이 많을 것이다. 울기도 할 테고, 좌절도 할 것이고, 아프기도 할 것이다. 현호 역시도 그랬으니까.

"자, 중학교 배정 결과 알려줄게요."

듣지 않아도 알고 있다. 현호는 인근의 사립 중학교로 배정받을 것이다.

정확히는 기억나지 않지만 아마 별로 친하지 않은 애들하고 중학교를 배정받은 걸로 기억한다.

그래서 중학교 1학년 1학기에는 많이 힘들었었다.

더구나 집까지 어려워졌었으니.

하지만 지금은 아니다. 운동으로 인해 어깨는 제법 단단해졌고, 이미 학생들 사이에서 현호는 중앙국민학교 부짱으로 탄탄히 인정을 받고 있었다.

"자, 얘들아. 중학교에 가서도……."

노처녀 선생님은 눈물을 글썽였다.

그녀가 차마 말을 잇지 못하자 여자애들이 우르르 달려가 선생님의 허리를 끌어안았다.

교실은 눈물바다가 되었다.

스승의 은혜가 학교에 울려 퍼졌다.

현호는 미소를 띠며 노래를 귀에 담고 가슴에 담았다. 그리고 헤어질 시간이 되었다.

이날 수업은 없었다. 그저 집에 가면 된다.

하지만 현호는 아이들이 모두 떠날 때까지 교실에 남았다.

이 순간을 예전에는 놓쳤지만 지금은 다신 오지 않을 이 시간의 여운을 느끼고 싶었기 때문이다.

성인의 몸이었다면 아마 지금 순간 담배 한 대를 물었을 것이다.

"현호는 안 가니?"

마지막으로 청소가 끝난 교실을 체크하러 선생님이 들어왔다.

현호는 그녀를 향해 미소를 보였다. 그것은 어린아이의 미소 같지 않았다.

"선생님, 그동안 수고 많으셨습니다."

"어, 어?"

묵직한 시선에 이은 짙고 낮은 목소리.

현호는 허리를 깊게 숙였다. 선생님이 당황해서 마주 숙였을 정도였다.

사실 이때의 국민학교 선생님들은 다소 손이 거친 편이었다.

아이들을 때리는 것은 다반사고, 촌지까지 원하는 선생님도 많았다. 실제로 이 학교에서도 몇 년 후에 그런 문제가 터진다.

곪은 것은 터지게 마련이니까.

하지만 눈앞의 이 노처녀 선생님은 다르다. 아이들을 진정 사랑으로 대했다.

그건 지난 3개월간 지켜본 현호가 누구보다 잘 알고 있었다.

"아, 선생님."

교실을 나서기 전 현호가 뒤돌았다.

"응?"

"늘 행복하세요."

"그, 그래. 너도."

현호는 선생님의 모습을 눈에 담고 교실을 나왔다. 복도를 나와 실내화 가방에서 신발을 꺼내려던 순간이었다.

툭.

'응?'

현호는 허리를 숙여 떨어진 것을 주웠다. 그것은 편지였다.

하트 무늬가 그려진 봉투에는 '현호에게' 라고 적혀 있었다.

"뭐지?"

부스럭, 부스럭.

현호야, 나 진숙이야. 이런 편지 받아서 많이 놀랐지? 사실 난… 현호 너를 좋아해. 그 마음은 아마 하늘과 별을 모두 합친 것보다 더 클 거야. 현호야, 나 이번에 경기도로 전학을 가. 이제 우린 못 보겠지. 쩜쩜쩜. 어젯밤 나 많이 울었어. 로미오와 줄리엣도 많이 울었겠지?

"풋!"

현호는 웃음을 참을 수 없었다. 그렇지만 소녀의 감성 앞에서 예의가 아닌 것 같아서 웃음을 꾹 참고 계속해서 읽었다.

언젠가 다시 만나면, 우리 떡볶이 먹으러 가자. 내가 사줄게. 그럼 현호야……. 안녕.

이전 삶에서는 연애편지 같은 걸 한 번도 받아본 적이 없었다. 물론 고백도 받은 적이 없었다.

'훗.'

미소와 함께 현호는 편지를 곱게 접어 주머니에 넣고 학교를 빠져나왔다.

1989년 1월.

이제 막 격동의 90년대가 다가오고 있었다.

4장

희대의 스캔들

중학교 1학년 생활은 눈 깜박할 새에 스쳐 갔다.

90년도는 교복 자율화가 유명무실해진 이후였기에 현호 역시도 교복 세대였다.

그리고 2학년이 됐을 때 현호는 키가 제법 자랐다.

그렇지만 여전히 키는 150에 머물렀고, 애초 크게 맞춘 교복은 늘 헐렁거렸다.

반면 다른 아이들은 하루가 멀다 하고 키가 자라고 있었다. 개중에는 170을 넘긴 녀석들도 있었다.

그런 덩치 큰 아이들에 비하면 현호의 모습은 땅딸보 수준이었다.

하지만 현호를 무시하는 이들은 없었다. 그는 1학년 때부터 다른 아이들의 시선을 한 몸에 받아왔기 때문이다.

"쟤가 중앙국민학교 부짱이었다는데?"

"부짱? 훗, 저 키로?"

1학년 초에는 그런 연유로 현호를 키만 보고 우습게 생각하는 아이들도 있었다.

하지만 현호에게는 이미 갖춰진 깡다구뿐 아니라 복싱 실력이 있었다.

그렇다고 주먹으로 학교를 평정하겠다느니, 앞으로 짱이 되겠다느니 하고 생각하는 것은 아니었다.

아직까지는 새로운 삶을 그냥 살아보고 싶은 것뿐이었다.

지난 삶처럼 정신없고 여유 없는 삶이 아닌, 진정으로 행복한 삶을 살고 싶을 뿐이었다.

"현호야!"

점심시간이 되자 교실 문이 드르륵 열리고 다급한 목소리가 울렸다. 만화책을 보고 있던 현호가 냉큼 일어나 뒤돌아봤다.

권순태, 일명 태권도였다.

"큰일 났어! 상식이 맞고 있어!"

조상식, 일명 쭉정이.

"뭐어?"

현호는 교복 웃옷을 벗어 던지고 교실을 튀어나갔다.

이렇듯 같은 국민학교 출신들이 이따금 현호에게 도움을 청하고는 했다.

처음에야 애들 싸움이라서 끼지 않으려 했던 현호였지만 지금은 발 벗고 나서고 있었다.

쾅!

쭉정이가 맞고 있다는 교실 문을 열어젖혔다. 그러자 한쪽에서 먼지가 탈탈 나도록 얻어맞고 있는 조상식이 보였다.

"그만 안 해!"

현호의 외침에 상식이를 때리고 있던 녀석이 고개를 돌렸다.

중학교는 대개 3학년들이 무적의 짱이다. 그래서 1, 2학년들은 보통 자신들의 반에서만 각기 반짱이라는 명분을 유지할 뿐이었다.

현호는 2학년 3반의 반짱이었고, 조상식을 때리고 있는 녀석은 2학년 7반의 반짱이었다.

"뭐야, 저 새끼는?"

조상식을 때리고 있는 녀석의 입에서 그 말이 떨어지기 무섭게 현호가 달려갔다.

현호는 책상을 딛고 점프를 하더니 단박에 녀석의 가슴을 걷어찼다.

"우와! 싸운디!"

그 한마디에 애들이 우르르 몰려들었다.

퍽! 퍽!

현호는 작은 키에 걸맞지 않게 상대를 제대로 두들겼다. 그 날쌔고 거침없는 모습을 다들 숨죽여 지켜봤다.

하지만 현호는 여타 어린 녀석들과 달리 절제가 가능한 성인이었다.

'이쯤 하면 되겠지.'

단 한 번도, 피가 날 정도로 애들을 팬 적은 없었다.

티가 나는 얼굴과 복부 등의 위험한 부위는 가능한 한 피해서 때리고는 했다.

"너, 앞으로 중앙국민학교 출신 건들면 가만 안 둔다. 알았어?"

"쿨럭! 쿨럭!"

바닥에 쓰러진 녀석을 뒤로하고 현호는 뒤를 돌아봤다. 여전히 아이들이 모여서 구경을 하고 있었다.

"안 꺼져?"

그 외침에 다들 현호의 시선을 피해 제자리로 돌아갔다.

현호가 7반을 나와 자신의 반으로 향하자 쭉정이하고 태권도가 쫓아와 그의 팔을 주무르기 시작했다.

"수고했어, 현호야."

"뭣 때문에 맞은 거야?"

"재가 우리 국민학교를 무시하잖아? 그래서 내가 확 열 받아서."

"뭐어? 네가 먼저 덤볐다고?"

현호는 쭉정이를 노려봤다. 억울하게 맞은 줄 알았더니만.

"아, 알아. 싸우지 말라고 한 거. 그래도 자존심이 있지."

"어휴."

아무래도 안 되겠다 싶었다. 그동안은 내 자식들 같아서 왕따당할까 봐 도움을 준 것인데, 이제는 이것들이 그를 믿고 까불거리고 있었다.

"앞으로 나 너희들 안 도와줄 거니까, 알아서들 해."

"뭐어?"

이 녀석들에게는 청천벽력 같은 소리일 것이다.

"다시는 안 싸울 거라고."

현호는 선수를 치고 그들의 손을 휙 뿌리쳐 교실로 돌아왔다.

이미 교실에는 현호가 7반 반짱을 눕히고 왔다는 소식이 퍼진 상태였다.

이로써 현호는 9반 반짱을 제외하고는 2학년 반짱들을 모두 주먹으로 평정해 버린 것이다.

그래서인지 교실 구석에서 판치기를 하던 무리가 현호의 등장에 주춤하고 있었다. 그만큼 현호의 위압감은 엄청났다.

다만 현호는 여태 반 아이들을 터치한 적이 없었는데, 타 반의 반짱들이 설치고 다니는 것과는 대조적이었다. 한데 그것이 오히려 현호의 존재에 위엄까지 실어주고 있었다.

'자식들, 눈치 보기는.'

현호는 그런 시선들이 부담스러워서 셔츠 소매를 걷어 올리고 아이들에게 다가갔다.

"야, 나도 껴줘라."

"뭐어? 너 이런 거 안 하잖아."

여태 애들 놀이에 낀 적이 없던 그였다.

"됐고."

현호는 주머니를 뒤적여 동전을 꺼냈다.

이전 삶에서 그는 판치기로 용돈을 충당했던 전력이 있었다.

물론 그 같은 게 얼마나 쓸데없는지 알기에 현재의 삶에서는 하지 않았을 뿐이다.

"나 먼저 하면 돼?"

"응."

현호는 책에 동전을 올리고 한쪽 면을 꾹꾹 매만졌다. 일명 에어. 책을 살짝 구부려서 치기 좋게 만드는 것이다.

"야, 야, 에어는 금지야."

다들 말하기를 주저할 때 한 녀석이 용기를 내고 말했다.

"아, 자식. 깐깐하네."

현호는 좀 전에 구부린 책을 꾹 눌렀다. 그런다고 바로 에어가 사라지지는 않는다.

물론 이것을 노린 거였다.

한 수 앞을 내다보는 것, 그것이 바로 어른이다.

팡!

동전 여섯 개가 일렬로 공중에서 한 바퀴를 돌았다. 그렇게 반대로 뒤집어진 동전들.

"헐!"

다들 입술을 쩍 벌릴 때였다.

"차현호!"

뒤돌아선 현호는 눈썹을 찌푸렸다. 담임인 체육 선생님이었다.

* * *

'참 내, 어떻게 첫 판에 딱 걸리냐.'

아무래도 운이 안 풀리는 것 같았다.

결국 현호는 싸운 것까지 걸려서 담임에게 매타작을 당하고 깜지 다섯 장이라는 벌칙에, 무릎 꿇고 교무실 한쪽에서 벌을 서고 있어야 했다.

"현호, 너! 이제 곧 3학년인데 공부 안 하니?"

지나가던 가정 선생님이 팔을 치켜들고 있는 현호를 내려다봤다.

한때는 현호가 좋아했던 선생님이었다.

물론 지금이야 그런 감정이 다시 살아날 리가 없었다.

"송 선생님 말씀 잘 들어, 이 녀석아!"

담임이 몽둥이를 챙기고 일어나며 가정 선생님을 두둔했다.

으레 있는 선생님들 간의 동료애로 비출 수 있겠지만 현호는 잘 알고 있었다.

둘이 결혼한다는 것을.

"두 분 사귀시나 봐요?"

현호는 괜히 심술이 나서 한마디를 툭 뱉었다. 그러자 가정 선생님의 얼굴이 화끈 달아올랐다.

"뭐, 뭐라고?"

담임이 몽둥이를 쥐려고 하자 현호가 서둘러 말했다.

"잘 어울려서요."

"이 자식이, 그냥… 손 똑바로 들어."

말 한마디에 누그러진 담임이 서둘러 가정 선생님의 뒤를 쫓아 교무실을 빠져나갔다.

'참 내, 그때도 신기했는데 지금도 신기하네. 저 예쁜 선생님이 저런 괴물 같은 배불뚝이 체육 선생의 뭐가 좋아서 결혼을 한 거지?'

정말 10대 불가사의 중 하나에 넣어도 이상하지 않은 일이다.

딩동, 딩동.

수업 종소리가 울렸다.

현호는 그때까지도 여전히 벌을 서고 있었다.

수업을 위해 선생님들이 교무실을 빠져나갈 때마다 현호에게 한마디씩을 하고 갔지만 별로 대수로울 것은 없었다.

오히려 아무도 없는 교무실의 정취가 좋았다. 뭔가 고요하다고나 할까.

'하…….'

현호는 슬쩍 손을 내렸다. 그나마 몇 자리를 지키고 있는 선생님들도 다들 제 할 일 하느라 바빴다. 아마 여기서 현호가 없어져도 모를 것이다.

'나가볼까.'

현호는 문을 조심히 열고 교무실을 빠져나왔다. 복도는 텅 비어 있었다.

아무도 없는 복도.

'그러고 보니 벌써 2년이 다 되어가네.'

회귀를 한 후로 어느덧 그렇게 긴 시간이 흘렀다.

현호는 아버지의 부가가치세 환급 이후 별다른 행동을 보이지 않았다.

가지고 있는 세무 지식을 활용해 볼 생각도 하지 않았고,

딱히 공부에 집중한 것도 아니었다. 중학교 수업이야 가끔 집에서 책 한번 훑어보면 충분히 따라잡을 수 있었다.

'15살이라…….'

도서실로 향하면서 현호는 자신의 현재를 되짚어봤다.

두 번째 삶이다.

처음 회귀한 지 얼마 안 됐을 때는 복수, 오로지 복수밖에 생각이 없었다.

하지만 그마저도 시간이 흘러 복수의 대상은 이전 삶에서만 존재할 뿐이라는 것을 깨달았다.

아무리 혼자 열 받아서 발버둥 친들, 현재의 삶에서는 아직까지 일어나지 않은 일이니까.

'하…….'

현호는 자신이 오랫동안 지쳐 있었다는 것을 깨달았다.

일과 삶에 지쳐 있었다. 그런 시간들이었다, 이전의 삶이란.

그래서 현호는 결심했다.

여유 있게 살자고. 돈과 복수가 아닌 행복을 추구하며 살자고.

행복이란 막연한 것이지만 이미 한 번 삶을 거쳐 본 현호에게는 그다지 어렵지 않아 보였다.

그저 하루하루를 눈에 담고 주변 사람들을 돌아보면 그게 행복 아닌가.

'하지만… 공부는 해야겠지?'

인간의 행복에는 최소한의 조건이라는 것이 필요하다.

그것은 기본적으로 해야 할 일이기도 했다.

지금 현호는 중학교 2학년이다. 몇 달 후에는 3학년, 곧 있으면 고등학생이 될 것이다.

이전의 삶에서는 지방대를 턱걸이로 들어가고 세무사 시험에 운 좋게, 정말 어떻게 붙었는지도 모를 만큼 운 좋게 붙었다.

한 번 거쳤으니 쉽지 않겠냐는 생각은 어리석은 추론이다.

지금이야 따지고 보면 얼마 없는 총알로 버티는 수준이었다.

그러니 이제부터라도 슬슬 공부를 해야 할 때였다. 아니면 그냥 대충 살아가든가.

지난 2학기 중간고사가 전교 석차 120등, 반에서 30등이었다.

그럭저럭이라는 말이다.

물론 책 한번 훑어보고 얻은 성적이니 사실 그것도 감지덕지였다.

"그래… 한번 해보지, 뭐."

현호는 공부에 대한 생각을 대충 정리하고 도서실에 도착했다.

'어?'

여기는 늘 자물쇠로 잠겨 있는 곳이다. 그러나 현호는 열쇠가 있었다.

열쇠 하나 복사하는 것은 그에게 껌 씹는 것보다 쉬운 일이었다.

그런데 지금 도서실 문은 자물쇠가 없이 열려 있었다.

'뭐지? 사서 선생님 새로 채용했나?'

불현듯 밀려온 호기심 속에 현호는 조심히 미닫이문을 들어 올렸다.

그냥 옆으로 밀면 드르륵 소리가 나지만 살짝 들어서 밀면 소리를 죽일 수가 있다.

안으로 들어선 현호는 다시 천천히 문을 닫고 움직였다.

살금살금 책장들 사이로 움직일 때였다.

"미안해요. 난 못 해요."

"뭐? 왜 못 해?"

남녀의 목소리다. 이 조용한 도서실에서 낙엽이 바스락거리듯 들려온 목소리.

"난 더 이상 못 하겠단 말이에요."

"안 하면?"

"우리 그만해요."

여자는 거부하고 애원하고 있었다.

현호는 슬쩍 책장 사이로 고개를 내밀어 살폈다.

'어? 저 사람은 문구점 사장이잖아? 그리고 저 여자는…….'

행정실 여직원 한유라다.

"전 그만할 거예요."

"미쳤어?"

문구점 사장은 행정실 여직원의 말에 학을 떼고 펄쩍 뛰었다.

"싫다고요. 이제 학교도 그만둘 거예요."

"너 제정신이야? 아무런 문제도 없는데 왜 그러는데?"

"그러니까 문제없을 때 그만두겠다고요."

"안 돼!"

현호는 여전히 책장 뒤에서 두 사람의 대화를 숨죽여 들었다.

아무래도 행정실 여직원과 문구점 사장 사이에는 모종의 거래가 있는 듯했다.

"여기 학교예요. 애들 볼 때마다 못 할 짓 하는 것 같아서 늘 조마조마하다고요. 그러니까 사장님도……."

"염병! 뭐가 죄를 짓는 것 같아? 눈먼 돈 좀 먹겠다는데."

"하… 이거 걸린다니까요. 영수증 조작하는 것도 하루 이틀이지, 한 달에 한 번 들어오는 사무용품을 두 번 들어온다고 사기 치는데 누가 모르겠어요?"

"쉿! 누가 듣겠어!"

잠시 목소리가 끊기고, 다시 이어졌다.

"걱성할 걸 걱정해. 여기 이사장 조카 내가 옛날부터 봐온

놈이야. 능력이 없어서 절대 모른다니까. 그냥 이사장 대행이랍시고 결재 도장 찍는 것밖에 못 하는 놈이라고."

"제발요. 우리 이제 그만해요."

"너야말로 그만해! 내 경고했어. 이 얘기는 없던 걸로 해! 이게 나만 먹는 거야? 걸리면 우리 둘 다 걸리는 거야. 네 아버지 수술비 누가 댔어?"

"그 수술비만 아니었으면 이 일도 하지 않았어요."

"그런데 했잖아!"

대화가 다시 끊겼다.

잠시 뒤, 문이 쾅 닫히는 소리가 나고서야 한유라가 주저앉았다.

무릎 사이에 얼굴을 묻은 그녀는 소리 죽여 울기 시작했다.

"흐흐흑!"

그 안쓰러운 모습에 현호는 얼굴을 찌푸렸다.

'에이, 지금 나가기는 글렀고 조금 기다려야겠네. 에휴…….'

현호는 그녀가 울음을 그칠 때까지 잠시 쉬기 위해서 팔짱을 낀 채 벽에 등을 기댔다.

'처지가 딱하지만……. 뭐, 자업자득이지.'

누구 탓을 한단 말인가. 그녀 자신이 선택한 일이고 해온 일 아닌가.

'그때는 몰랐어요. 그 사람이 시켜서 했어요'라고 한들 그건 핑계일 뿐이다.

'하여간 이놈의 사학 비리는 예나 지금이나 없어지질 않아. 근데… 가만 보자, 그러고 보니 예전에 뭔가 일이 하나 있었던 것 같은데.'

*　　　*　　　*

다음 날부터 현호는 행정실 여직원에게서 눈을 떼지 않았다.

그녀를 도울 생각은 없었지만 인간적인 연민은 계속해서 그녀에게 시선을 줄 수밖에 없게 만들었다.

며칠을 살펴본바 그녀는 여럿이 있을 때는 구김살 하나 없이 항상 밝은 얼굴이었다.

여선생님들과도 잘 어울렸고, 출근길에 학교 앞 슈퍼나 분식점 주인들과도 가끔 대화를 나누는 모습을 볼 수 있었다.

그녀의 웃는 모습은 참 예뻐 보였다.

하지만 그녀는 혼자 있을 때면 어김없이 미소 하나 없는 얼굴에 빛을 잃은 시선을 했다. 어느 때는 홀로 운동장 구석 스탠드에 앉아 하염없이 허공을 바라보고 있기도 했다.

창가에 기대 그런 모습을 지켜보고 있노라면 그녀에게 시간이 얼마 없다는 걸 느낄 수 있었다.

"현호야, 나 박신숙 봤다."

"뭐?"

태권도, 그러니까 권순태는 현호의 반에 틈만 나면 놀러오곤 했다.

회귀 전 삶에서 태권도나 쭉정이와는 인연이 없던 것에 비하면 조금은 달라진 삶이기는 했다.

한데 박진숙이라면 자이언트 아닌가.

"그래? 걔 전학 갔잖아?"

"어. 친척이 경기도 성남 살거든. 거기 갔다가 우연히 봤지."

"많이 컸든?"

현호는 호기심에 물었다.

박진숙의 이름을 들으니 딸 아영이의 얼굴이 그의 가슴을 아련히 스쳐 갔다.

"뭐? 키 컸냐고?"

에휴, 이놈아.

"그래."

귀찮아서 대충 대답했다.

"뭐, 그럭저럭. 머리카락도 많이 자랐고……. 뭐… 그렇더라."

갑자기 권순태가 말을 더듬었다. 얼굴은 살짝 붉게 피었고.

"예뻐졌어?"

"뭐?"

"예뻐졌냐고. 너 걔 좋아했잖아?"

"무슨?! 참 내! 내가 걔를?"

이 나이 때는 왜 이렇게 자신의 마음을 속이는 걸까.

현호는 권순태의 턱을 톡톡 건들고 창가에서 몸을 뗐다.

"저 자식은… 가끔 보면 아저씨 같단 말이야."

고개를 갸우뚱하는 권순태를 뒤로하고 현호는 운동장으로 향했다. 창가에서 보이던 대로 그녀가 스탠드에 앉아 있었다.

현호가 다가가자 그녀는 서둘러 미소를 짓고 자리에서 일어나려 했다.

"약한 모습 보이면 계속 당해요. 세상이 그래요."

쿵.

행정실 여직원의 가슴이 크게 들썩였다.

지금 이 학생이 대체 무슨 소리를 하는 건가.

"너 그게 무슨……."

"앉아봐요. 내가, 에휴……."

한숨이 절로 나왔다.

현호는 그동안 많은 갈등을 했다. 자신이 이 일에 끼어들어서 타인의 운명까지 바꿔도 되는 것인가에 대한 근원적인 물음을 스스로에게 해왔다.

설사 일에 끼어든다고 치자.

현호가 이 일에 끼어든다고 해결이 된다는 보장도 없었다.

이건 그냥 오지랖이며, 주제넘은 행동이었다.

다만 한 가지가 걸려서, 그 한 가지 때문에 그녀에게 온 것이다.

"뭐 해요? 앉으라니까."

현호의 재촉과 시선에도 그녀는 여전히 쉽게 그의 곁에 오질 않았다.

"얘기해 봐요. 일단 들어나 보자고요."

"너 지금 무슨 얘기를 하는 거니?"

말과 달리 그녀의 목소리는 떨리고 있었다.

현호는 깍지 낀 두 손을 무릎에 걸치고 운동장으로 시선을 돌렸다.

"아마 누구라도 그럴 거예요. 쉽지 않은 일이죠, 당장의 현실에서 벗어나는 것은……. 뭐랄까, 잘 달리던 도로를 이탈하는 기분이랄까? 하지만 알고는 있죠, 다들. 이 도로의 끝에 절벽이 있다는 걸."

현호가 다시 그녀를 돌아봤을 때, 마주 본 눈동자에는 옅은 눈물이 고이고 있었다.

"전 지금 누나에게 손을 내미는 거예요. 내 손을 붙잡으라고."

실제로 현호가 손을 내밀자 그녀는 서둘러 눈가에 흐른 눈물을 닦고는 억지로 미소를 끌어 올리며 말했다.

"무, 무슨 소리를, 하는지 모르겠네."

역시 믿기 힘들 것이다.

설사 믿는다 해도 겨우 15살 아이에게 현실을 기댄다는 것은 쉬운 일이 아닐 테고.

"문구점 사장하고 하는 얘기 다 들었어요."

"뭐, 뭐?"

지진이라도 난 듯 그녀의 동공이 바르르 떨렸다.

그렇지만 또다시 억지로 미소를 끌어 올리더니 고개를 가로저었다.

"별일 아니야. 네가 생각하는 그런……."

"정말요? 별일이 아니다? 후……."

이렇게까지 부인하면 방법이 없는 건가 싶었다.

결국 현호는 어쩔 수 없다는 얼굴로 내민 손을 거두고 자리에서 일어났다.

"이게 누나의 선택이라면 어쩔 수 없죠. 그럼."

현호가 한 발 멀어졌다. 그때였다.

"도, 도와줘!"

등 뒤에서 그녀의 다급한 목소리가 흘렀다.

그러자 현호의 걸음이 멈췄다.

천천히, 아주 천천히 뒤돌아 그녀를 바라보는 현호의 시선은 그 어느 때보다도 냉정해 보였다.

*　　　*　　　*

한유라는 자신의 현실에 대해서 얘기를 시작했다.

처음에는 적당한 수준에서 얘기를 꺼내려던 그녀였지만 현호가 그녀의 이야기에 집중하고 호응해 주자 격한 감정과 함께 모든 걸 토해냈다.

지금 순간 그녀에게 현호의 나이는 중요하지 않았다.

누군가에게 답답한 이 속마음을 고백할 수 있다는 것, 거기에 상대가 어리니 오히려 문제가 되지 않겠다는 가벼운 생각도 있었을 것이다.

한마디로 그녀는 지금 고해성사를 하고 있는 것과 다름없었다.

"그렇게 된 거야."

얘기를 끝낸 한유라의 지친 입술이 다물어지자 현호는 한숨을 내쉬었다.

'하.'

그녀의 얘기가 너무 놀라워서가 아니라 너무 단순했기 때문이다.

그러니까 그녀는 지금껏 문구점 사장과 함께 학교 비품을 한 달에 두 번 들어오는 걸로 영수증을 조작해 돈을 착복해

왔다.

물론 비품은 두 번이 아닌 한 번만 들어올 뿐이었고.

그 돈을 행정실 여직원, 그러니까 한유라가 문구점 사장이 미리 준비해 둔 몇 개의 통장에 분산해서 보관하고 있었던 것이다.

그 돈이 대략 2천만 원 정도.

90년도에는 큰돈이긴 해도 사실 그렇게 엄청난 금액은 아니었다.

문구점 사장과의 관계 역시도 서로 먼 친척인데, 그가 아버지 수술비를 도와주어서 어쩔 수 없이 돕게 됐다고 한다.

하지만 현호는 고개를 갸우뚱했다.

'근데 이사장 조카는 뭐야?'

실은 얼마 전 현호는 도서실에서의 일 이후로 생각을 곱씹던 중에 한 가지 기억을 떠올렸다.

그건 바로 회귀 전의 단편화된 기억 중 하나였다.

충격적이게도, 이전 삶에서는 지금 현호의 눈앞에 있는 한유라가 이사장 조카를 죽이고 자살을 한다.

'그럼, 그때 죽고 죽인 이유가 이 2천만 원 때문이라고?'

현호가 수천억, 수조 원의 비리에 휘말려 희생된 것에 비하면 아주 하찮은 금액이지만, 어찌 됐든 당시 그 일로 학교가 발칵 뒤집어졌던 적이 있었다.

결코 잊을 수 없을 것만 같던 그때의 기억도 살면서 까맣게 잊고 있었는데.

그런데 그 일이 겨우 이 돈 때문이었다고?

"그게 다예요?"

현호는 재차 고개를 갸우뚱했다. 여전히 쉽게 납득이 되질 않았다.

그녀는 이사장 조카를 죽이고 자살하는데, 지금 그녀의 문제는 이사장 조카와의 갈등이 아닌 문구점 사장과의 갈등이었다.

"응? 뭐가?"

"그게 누나가 고민하는 전부냐고요?"

그 말에 그녀의 얼굴이 여태와는 달리 바싹 얼어붙었다.

급속도로 창백해진 그녀는 붉은 입술을 깨물며 뭔가를 망설이고 있었다.

"말했죠. 다 얘기하라고."

현호는 그 틈을 놓치지 않고 강하게 말했다. 사람은 주저하면 입을 닫는다. 이때는 채근해서라도 입을 열게 만들어야 한다.

"사진……."

한유라는 입술을 몇 번 떨더니 숨을 토해냈다.

"예? 사진?"

무슨 소리인가 싶어 그녀를 보니 붉은 입술이 파랗게 질려 있었다.

"나 사실, 이사장 조카하고 사귀고 있어."

"그런데요?"

습관처럼 질문이 이어졌지만 현호는 얼추 상황을 이해할 수 있었다.

남녀 사이에서 사진을 가지고 어떤 문제가 발생하겠는가.

굳이 깊게 생각하지 않아도 뻔한 일이었다. 하지만 일단은 그녀에게 직접 들어야 했다.

"문구점 사장님에게 이 일 관둔다고 하고 학교를 그만두려고 했거든……. 그래서 이사장 조카, 그러니까 상현 씨에게도 헤어지자고 말했는데… 막 화를 내면서… 내 사진을 뿌린다고. 흐흑……."

한유라의 흐느낌이 이어지자 현호는 착잡한 심정을 뒤로하고 그녀에게 물었다.

"어디까지 찍힌 거예요?"

*　　　*　　　*

한유라는 차마 대답을 하지 못하고 무릎에 얼굴을 파묻었다.

잠시 동안이지만 현호는 그녀의 흐느낌을 들어야 했다.

'그것 때문에 죽고, 죽였구만.'

현호는 이전 삶에서의 그녀 얼굴을 떠올렸다.

마치 구형 프린터에서 사진이 출력되듯 기억이 점점 또렷해진다.

이상한 일이다. 최근 들어 생각을 집중할수록 예전의 기억들이 선명해지고 있었다.

그날은 쏟아지는 노을빛이 유난히 붉었던 날이었다.

현호는 친구들과 뭔가를 준비한다고 늦게까지 교실에 남아 있었고, 시간이 늦어 친구들이 모두 돌아갈 때까지도 홀로 있다가 서둘러 가방을 챙기고 교실을 나왔었다.

그때, 복도에서 그녀를 마주쳤고, 그녀가 물었었다.

'이제 가니?'

'예. 누나는요? 퇴근 안 하세요?'

'응……. 나중에.'

유난히 쓸쓸해 보였던 그때 그녀의 모습.

그리고 그날, 그녀는 학교 옥상에서 뛰어내렸다.

다음 날 학교 이사장실에는 이사장의 조카가 칼에 찔린 채로 죽어 있었다.

당시 선생님들 사이에서는 이사장 조카가 능력이 없고 무능하다는 수군거림이 있었다. 자수성가한 이사장과는 대조적이었다.

하긴 그러니까 이사장이 제 몸종처럼 부렸던 거겠지만.

어찌 됐든 그것이 이사장 조카를 코너로 몰아넣었고, 그가 행정실 여직원에게 집착했던 계기가 된 건지도 모른다는 수군거림이 한동안 학교를 떠돌았었다.

그런 비극.

그때의 비극으로 현호는 죽음이라는 것에 어떤 결여된 감정을 가지게 됐다. 그래서 타인의 죽음에 무감각해졌고, 훗날 아버지의 죽음마저 담담히 받아들일 수 있었다.

잊고 있었고, 외면했던 기억이지만, 알게 모르게 현호의 인생에 영향을 준 것이다.

현호가 한유라의 일에 내내 마음에 걸렸던 한 가지가 바로 이것이다.

'이게… 그 일의 시작이었구나.'

당시 그 일로 뒤집어진 학교에는 경찰이, 검사가, 교육감이, 매일 들락거렸다. 하지만 그것도 시간이 지나면서 모두의 기억 속에서 잊혔다.

지금 만약 현호가 눈을 감고 이 일을 모른 체한다면, 그때의 일이 다시금 반복될 것이다.

'겨우 사진 하나 때문에 죽고 죽였다니…….'

하지만 사람은 각기 자신의 처한 상황이 가장 힘든 법이다.

현호는 고개를 끄덕이고 생각으로 고인 숨을 뱉어냈다.

그 모습을 보며 한유라 역시 눈물을 훔치고 무거운 숨을 내쉬었다. 그런데 어찌 된 일인지 다음 순간 현호는 미소를 보였다.

"어쩌면 쉽게 해결되겠네요."

"뭐?"

일단 그녀와 문구점 사장과의 일은 큰 문제가 아니다.

그녀는 협박을 받아서 움직인 것뿐이니 자수하면 정상참작이 될 것이다.

거창하게 도울 방법 같은 것은 없다.

현호가 형사나 변호사도 아니고, 세금 문제가 있는 것도 아니니 도울 수 있는 다른 방법 따위는 없다.

그러니 싱겁지만 자수가 정답이다.

이제 20대 중반인 한유라로서는 그것이 마냥 두렵겠지만 인생 선배인 현호의 눈에는 별것 아닌 일이다.

세상에는 수많은 도둑놈이 있지만 다들 잘 살고 있지 않은가.

물론 완전히 죄를 덜 수는 없을 것이다.

그렇지만 문구점 사장에게 내내 시달리는 것보다는 자수하는 게 백번, 천번 그녀에게 이로울 것이다.

차명 계좌에 든 돈이 2천만 원.

금액도 그렇게 크지 않으니 잘만 하면 집행유예 선에서 끝날 가능성도 있다.

"누나, 제 얘기 잘 들어요."

내가 지금 너 살려주는 거다, 라고 생각을 이으며 현호는 한유라를 설득하기 시작했다.

"자수해야 해요."

"뭐어?"

자수라는 소리를 들은 그녀의 하얀 볼이 바르르 떨렸다.

잠시 긴장을 놓았던 정신이 번뜩 돌아온 얼굴이다.

"그, 그건."

"누나, 가끔은 말이에요, 모든 걸 놓고 처음부터 시작해야 할 때가 있어요. 지금이 누나에게는 그런 순간이에요."

한유라의 눈이 떨린다. 현호는 한 치의 흔들림도 없이 그녀의 눈을 뚫어지게 바라봤다.

"생각… 생각해 볼게."

그리 오래지 않아 그녀는 현호의 진중한 표정과 시선에 결국 고개를 끄덕였다.

바보가 아닌 이상 그것이 최선의 방법이라는 것은 이미 그녀도 알고 있었을 것이다.

그저 용기가 없었을 뿐.

"근데 동장은 누구 거예요? 누나 거예요?"

이제는 전반적인 상황을 보다 면밀히 확인해야 했다.

현호는 문구점 사장과 한유라의 이야기에서 여전히 걸리는 점이 하나 있었다.

지금 한유라와 얽혀 있는 문구점 사장은 일반적인 문구점을 운영하고 있는 게 아니다.

그는 미래에나 활성화될 법한 대형 문구점을 운영하고 있었다.

이미 각 학교에 물건을 납품할 정도로 어느 정도 규모가 있는 문구점이란 얘기다.

하니 상식적으로 생각을 해봐도 과연 이 비리가 여기 한 학교에만 국한된다고 볼 수 있을까.

타인이자 이 일과 전혀 관련이 없는 현호의 눈에는 지금 문제가 문구점 사장과 한유라, 그리고 이사장 조카에 국한되는 게 아님을 알 수 있었다.

한유라가 자신의 일에만 고민하고 있을 때, 그의 생각은 거기까지 미처 있었던 것이다.

"나도 몰라, 누구 건지는……. 문구점 사장님이 가져온 건데, 이거 문제 되는 거지? 차명 계좌를 범죄에 쓰면 죄가 가중처벌된다던데?"

한유라는 차명 계좌를 사용했다는 것에 이상하게 두려움을 가진 얼굴이었다.

아마도 그건 82년도에 있었던 장영실 사건 때문일 것이다.

큰손이라고 불리는 여자가 기업을 상대로 어음 사기를 쳤는데, 그때 사용된 차명 계좌로 인해 경찰 수사에 큰 혼선이 있었다.

그래서 언론에서도 차명 계좌를 비중 있게 다뤘고, 이후 일반인들에게 차명 계좌는 불법이라는 인식이 강하게 심어졌다.

"아니에요. 그 정도까지는."

현호는 일단 한유라를 안심시켰다.

"정말이야?"

"예."

차명 계좌는 엄밀히 말해 죄는 아니다.

차명 계좌를 없애려 만든 금융실명제 역시 93년에 김영삼 대통령이 취임되고서야 긴급명령으로 발휘된 것이니, 90년인 지금은 하등 문제가 없다.

지금도 모든 지하경제의 돈이 차명 계좌로 움직이고 있으니 말이다.

'일단 문제는 이사장 조카가 갖고 있는 사진이란 말이지.'

먼 훗날에야 인터넷에 동영상이 유포되고 그런다지만, 90년인 지금은 나체가 아닌 속옷 차림의 사진 한 장에도 사회적으로 질타를 받는 시기였다.

그러니 한유라가 극단적인 선택을 할 수밖에 없었던 걸 테고.

"이 문제는 제가 해결할게요. 누나의 피해가 최소화될 수 있게끔요."

"뭐어? 자수하라며?"

"그러니까, 자수는 하는데 누나에게 피해가 가는 건 최소화해야 할 거 아니에요?"

"어, 어떻게?"

내내 눈물로 얼룩졌던 한유라의 눈동자가 이제야 말갛게 돌아오고 있었다.

현호를 바라보는 한유라의 눈동자에 의심이 서렸다. 물론 그 이면에는 희망도 서려 있었다.

어찌 됐든 누군가 그녀에게 손을 내민 것은 현호가 처음이었기 때문이다.

더구나 현호는 2학년 중에서도 꽤 유별난 아이였다.

가끔 체육 선생님이 교무실에서 현호의 얘기를 할 때가 있었다.

체육 선생님은 고개를 갸우뚱하면서 아무리 봐도 이상하다고 했었다.

마치 교실에 애늙은이 하나 앉혀놓은 것 같다고.

그래도 현호 때문에 애들의 질서가 잡혀서 무슨 보스 같다는 얘기도 했었다.

아무튼 들은 게 있으니 차현호란 소년 앞에서 흔들리는 것이 사실이었다.

"걱정하지 마세요. 생각이 있으니까. 그런데 이러니저러니 해도, 누나도 어느 정도 책임은 피할 수 없을 거예요. 그 부분은 각오해 두세요."

현호의 담담한 목소리에 한유라는 결심한 듯 고개를 끄덕였다.

"고마워. 그래도 너한테 얘기하니까 마음이 뻥 뚫리는 것 같아. 꼭 우리 오빠 같아."

한유라가 예쁜 미소를 보였다.

'쯧쯧.'

현호는 지금 웃음이 나오냐고 쓴소리를 하려다 그녀의 심정이 이해가 돼 관둬 버렸다.

스윽.

현호가 자리에서 일어났다. 그가 스탠드를 벗어나자 한유라가 뒤를 좇아오며 물었다.

"근데 정말 어떻게 하려고?"

"잠깐 학교 밖에 나가서 얘기해요."

아직은 점심시간이 남아 있어 운동장에 아이들이 많았다.

"그럴까?"

그녀는 아까보다 한층 밝은 얼굴로 교문에 서 있는 선도부에게 다가갔다. 그러고는 잠깐 학교 앞 문구점에 다녀온다고 얘기를 했다. 물론 현호하고 같이.

3학년들이 현호를 보는 시선이 매섭다.

현호로서는 그들을 신경 쓸 이유가 없었지만 3학년들의 입장은 달랐다.

선배라는 위치에서 아래에서 치고 올라오는 후배는 늘 경계의 대상이기 때문이다.

어찌 됐든 학교 밖으로 나온 현호와 한유라는 슈퍼 앞 파라솔에 앉아 음료수를 앞에 놓고 얘기를 이어갔다.

그녀는 이제 긴장이 풀렸는지 그동안 있었던 일을 소상히 말했다.

현실이 막막한 사람일수록 상대가 얘기를 들어주는 것만으로도 미주알고주알 모든 것을 꺼내놓고는 한다.

이미 현호에 대한 마음의 빗장이 풀린 한유라도 별반 다르지 않았다.

"상현 씨가 그럴 줄은 몰랐어."

한유라는 이사장 조카를 거론하며 입술 끝을 꾹 깨물었다.

"그럼, 누나는 정말 그 사람한테 미련이 하나도 없는 거죠?"

현호는 확인차 물었다.

왜냐하면 두 사람이 아직까지는 연인이라는 틀로 묶여 있기 때문이었다.

기껏 도와줬는데 그녀가 나중에 마음을 바꾸기라도 하면,

낭패도 그런 낭패가 없다.

"으응, 정말이야."

한유라는 고개를 끄덕였다.

그렇지만 현호는 그녀의 시선에서 약간의 망설임을 볼 수 있었다.

이전 삶에서 현호의 고객 중에는 강력계 형사였다가 퇴직 후 개인 사업을 하던 이가 있었다.

그는 자신이 겪었던 사건에 대한 얘기를 술자리에서 곧잘 꺼내곤 했는데, 어느 날은 남녀의 치정 살인에 대한 얘길 꺼냈었다.

그가 말하길 여자가 남자를 죽이고 스스로 목숨을 끊는 이유는 대부분 동일하다는 것이다.

이유인 즉, 여전히 사랑하기 때문이라는 것이다.

눈앞의 한유라는 원래의 운명이라면 이사장의 조카를 죽이고 자살한다.

그리고 지금의 시선에서도 얼핏 망설임이 엿보였다.

'여전히 좋아하는 것 같군.'

어쩌면 그녀에게 있어 이사장의 조카는 작금의 현실에서 기댈 수 있는 백마 탄 왕자였는지도 모른다.

그런데 그 왕자에게 오히려 협박을 받고 있으니 그 상처 또한 클 것이다.

물론 모든 것이 그저 현호의 생각일 뿐이었지만 이것은 어린아이의 상상이 아닌, 어른의 경험이 가져다준 상식과 계산이 만들어낸 추론이었다.

"사진은 어떻게 찍힌 거예요?"

"어? 그건……."

그녀는 당황했다.

"아까 누나가 얘기 안 한 거 다시 물을게요. 나체예요?"

현호의 질문은 직설적이었다.

하지만 그 시선은 한창 성에 관한 호기심이 남다른 보통의 남학생의 시선이 아니었다.

마치 알 것 다 알고, 겪을 것 다 겪어본, 무감각한 시선이었다.

복도를 지날 때면 남학생들이 그녀의 볼록한 가슴이나 하얀 목선을 바라보는 것과는 분명히 다른 시선이다.

그러니 한유라는 눈앞의 이 어린 녀석이 자신을 도울 수 있다는 사실을 묘하게 수긍할 수밖에 없었다.

"솔직히 잘 모르겠어. 찍은 기억이 없는데……. 몰라, 몰래 찍었는지도."

한유라가 긴 숨을 토해낸다. 그 한숨에는 후회와 스스로에 대한 실망이 서려 있었다.

"카메라를 들고 있는 건 봤을 거 아니에요?"

지금은 2016년처럼 몰카가 대중화된 시대는 아니다. 기껏해야 필름 카메라 정도.

"글쎄……. 그 사람 사진을 좋아해서 늘 사진기를 들고 다니기는 했어. 물론 자주 찍었고. 아, 네가 말하는 자주는 그냥 일반적인 사진."

그녀는 스쳐 갔던 일상에서의 기억들을 꺼냈다.

대수롭지 않게 보였던 카메라가 이렇게 큰일이 될 줄 그녀라고 알았을까.

"혹시 몰라서 그 사람 집에 가서 뒤져 봤는데, 없었어."

"그럼, 이사장실은요?"

"그건 금고가 잠겨 있어서……."

"금고요?"

현호는 미간을 좁혔다. 금고라면 조금 복잡한데.

"막 은행이나 복덕방 같은데 있는 그런 금고는 아니고, 열쇠가 있으면 열리는 금고야."

그렇다면 생각보다 쉬울지도.

그리고 사진은 그곳에 있을 가능성이 크다.

이사장실은 오로지 이사장 조카만이 들락거리기 때문이다.

심지어 실제 이사장도 학교에 거의 오지 않고, 온다 해도 교장실에나 잠깐 들러 커피 한 잔 마시고 가는 정도다.

물론 보관 장소가 틀릴 가능성도 있다. 하지만 현호는 지금 그보다 전혀 다른 상황을 염두에 두고 있었다.

그건 바로 이사장 조카가 사진에 대한 리스크에서 얼마나 자유롭냐는 것이다.

대부분의 사람이 비밀을 폭로한다는 것은 잃을 게 없을 경우다. 혹은 절제할 수 없는 감정의 어긋남 속에서 일을 저지른다.

이사장 조카는 후자에 속한다.

헤어지자는 그녀의 제안이 그에게는 분노로 다가온 것이다.

그렇지 않고서야 이사장의 조카라는 사회적 체면이 있겠다, 제법 돈도 있겠다, 문제만 없다면 앞으로 이사장의 충실한 수족이 되어 무탈하게 살아갈 남자였다.

그러니 만약 사진이 공개되면 이사장의 조카도 리스크를 피할 수는 없을 것이다.

잃을 것이 있다는 것.

현호는 그 점을 곱씹고 있었다.

'분노가 물속에 가라앉으면 이성이 떠오르지. 아무리 남녀 사이의 문제라도 잃을 게 많은 사람인데, 무턱대고 무모한 짓을 할 수는 없을 거야.'

사진을 유포하겠다고 한유라를 협박한 것은 그저 찔러보기일 수도 있다는 얘기다. 물론 아닐 수도 있지만.

늘 그렇듯 예상할 수 있는 길은 두 가지다.

'맞거나, 틀리거나.'

생각이 정리된 현호는 파라솔 의자에서 일어났다. 그러고는 한유라를 내려다보고 입을 열었다.

"일단 사진부터 처리하죠."

*　　　*　　　*

이사장 조카는 학교 건물 외곽에 있는 창고를 이사장실로 개조해 쓰고 있었다.

말이 창고 개조지, 안에는 고급 가구가 즐비했으며 심지어 서재에 양주가 일렬로 늘어서 있는 곳이다.

현호는 딱 한 번 그곳에 가봤었다.

얼마 전 싸운 일로 인해서 담임이 이사장실 청소를 시킨 적이 있었다. 그때 현호는 단순한 호기심에 끌려 이곳저곳 눈에 담아뒀었다.

'금고는 책상 아래 안쪽에 있었어.'

기억이라는 것은 참 오묘해서 어떤 것은 희미하지만 어떤 것은 무척이나 선명해진다.

더욱이 신기한 것은 완전히 잊고 있었던 기억도 떠오르기 시작하면 매우 선명하게 되새겨질 때가 있다는 것이다.

최근 들어 현호의 상황이 그러했다.

생각을 곱씹을수록 과거의 기억이 분명해진다.

하루가 다르게 또렷해지는 기억은 마치 실제 눈앞에 보이는 것처럼 생생할 정도다.

아무튼 그곳에 들어가는 것은 어려운 일이 아니다.

이사장 조카는 오후 4시만 지나면 퇴근을 하는 인간이다. 그에게 학교는 의무적으로 시간을 때우는 장소일 뿐이었다.

단지 문제는 금고.

물론 그 안에 필름이 없을 수도 있지만 일단은 확인을 해야지 그걸 알 수 있다.

'결국 그 녀석을 찾아가야 되는 건가.'

원래의 인생 접점에서는 고등학교에 들어가서 알게 되는 친구가 하나 있었다.

아버지가 열쇠 수리공이여서 어렸을 때부터 열고 따는 것은 기가 막히게 잘하는 친구였으며, 훗날에는 경찰이 되는 인물이다.

실은 현호는 죽기 전 비자금 파일을 신문사와 인터넷에 유포한 뒤에 그 친구에게 털어놓고 도움을 요청하려고 계획했었다. 물론 물거품이 돼버렸지만.

"은혁이 있냐?"

현호는 2학년 9반으로 들어갔다. 이 반은 현호가 아직까지 깨지 않은 반짱이 있는 곳이었다.

물론 그동안은 일부러 접근하지 않았었다.

한유라의 일만 없었다면 고등학교에서 인연을 만들 예정이었기 때문이다.

"어? 차현호잖아?"

아이들이 술렁이기 시작했다.

이미 9반을 제외한 2학년의 모든 반을 평정한 차현호의 등장이었다.

어느 순간 다들 소리를 죽였다.

천천히 걸어서 교실을 가로지르는 현호의 뒷모습에도 숨이 턱턱 막힌다.

이렇듯 교실에 있는 모두가 현호를 주시했지만 그의 시선은 창가 쪽에 앉아서 만화책을 보고 있는 녀석에게 머물렀다.

"네가 권은혁이냐?"

현호의 질문에 만화책을 보던 녀석이 고개를 들었다.

"그런데?"

녀석이 퉁명하게 대답했지만 현호는 미소를 지었다. 눈동자도 조금은 촉촉해졌다.

'자식…….'

그립다.

이전 삶의 녀석도, 지금 눈앞의 녀석도 동일 인물이지만 권은혁이라는 친구가 그립다.

"잠깐 시간 좀 내줄래?"

그리움은 뒤로하고 일단은 일을 시작해야 했다.

"싫은데?"

역시 예상대로 한 성격 했다.

이전 삶에서는 이 녀석과 주먹으로 붙은 적은 없었다.

하지만 당시에 주먹으로 붙었으면 현호가 질 것이 뻔한 일이었다.

이 녀석은 국민학교 때부터 경찰이 되고 싶어 했던 놈이었고, 그 때문에 체력 단련을 부지런히 해왔기 때문이다.

'하지만 지금이라면 어떨까.'

현호는 손을 뻗어 녀석의 만화책을 붙잡았다. 도발이다.

"시간 좀 내라. 할 얘기 있어서 그래."

"그냥 가라, 이 새끼야."

권은혁이 눈을 찌푸리고 이를 드러냈다. 털이 바싹 치솟은 곰 같았다.

'쉽지 않네. 한판 해야 하나.'

하지만 지금은 곤란하다.

아이들이야 주먹 다툼으로 친해진다지만 서로가 각자의 반을 대표하고 있다면 얘기는 달라진다.

이 나이 때 남자애들은 자신이 싸움 좀 하는 아이와 같은 반이라는 것에도 자부심을 느낄 때가 있다.

한마디로 싸움을 한다면 반을 등에 업고 싸워야 한다는 것이다. 그러니 선불리 붙기가 그랬다.

물론 붙으면야 현호는 자신이 있지만 굳이 권은혁의 자존심까지 흔들고 싶진 않았다.

"뭐, 싫다면 어쩔 수 없지."

일단은 한발 물러나 뒤돌려는 찰나였다.

녀석의 책상 옆에 걸린 실내화 가방이 현호의 눈에 들어왔다. 그리고 그사이로 비디오테이프가 보였다.

"자식, 이런 거나 보고."

현호는 누가 말릴 새도 없이 비디오테이프를 손에 쥐었다.

권은혁이 노려봤지만 상관없었다.

좀 전에는 부탁하기 위해서 자세를 낮춘 것이지만 지금은 궁금해서 비디오테이프를 손에 쥔 것이다.

그 말은 누구도 그의 행동을 제지할 수 없다는 뜻이었다.

"Knight Rider(전격 Z 작전)?"

사이드에 붙은 영어 제목을 읊은 순간 권은혁의 시선이 현호에게 닿았다.

유창한 영어 발음 때문이었다.

1990년대의 영어 수업은 영어 선생님조차도 토종 한국식 발음이다.

모든 영어 대화에 앞서 마이 네임 이즈가 기본적으로 들어가며, 텐 따우전드, 땍시 등의 영어권 사람도 못 알아듣는 영어가 존재하는 곳이 대한민국 수업 현장이었다.

그런데 지금 현호의 발음은 완벽하리만치 원어민에 가까웠다.

이는 당연한 것이기도 했다.

90년대의 영어는 선택이었지만, 2016년의 영어는 생존이기 때문이다.

"야, 너 그 비디오 알아?"

"이걸 왜 몰라?"

진격 R 작전이라는 미드는 80년대 선풍적인 인기를 끈 드라마다.

그러니 굳이 회귀를 해서 아는 게 아니라, 모르는 게 이상한 일이었다.

"아니, 영어 아냐고."

권은혁의 물음에 현호는 비디오테이프를 앞뒤로 살피며 대수롭지 않게 말했다.

"그런데 왜?"

"너 그럼, 자막 없이도 영화 보고 막 그래?"

흥분한 얼굴로 권은혁이 재차 물었다.

"그거야 뭐, 어렵지 않지."

"야, 잘됐다. 이거 완전 무삭제판이거든? 근데 더빙이 안 됐어."

들뜬 모습의 권은혁을 보며 현호는 비디오테이프를 책상에 내려놓았다.

"그래서 나보고 이거 해석해 달라고?"

자식이 이런 취미가 있었던가.

"어."

"그럼 넌 나한테 뭘 해줄 건데? 됐다. 일 없다."

현호는 망설임 없이 뒤돌았다. 교실을 나오자 뒤에서 권은혁이 쫓아왔다.

"야, 근데 나는 왜 찾아온 거야?"

이제야 호기심을 갖는 권은혁의 모습에 현호는 걸음을 멈추고 창가에 등을 기댔다.

"부탁이 있어서 들렀지."

"부탁? 무슨 부탁?"

"근데 이제는 부탁이 아니야."

현호가 씨익 웃자 권은혁이 눈썹을 들썩였다.

"뭐야?"

"너, 나한테 비디오테이프 해석해 달라며?"

"그래."

"근데 난 너한테 해달라고 할 게 있거든? 그 말인즉, 서로가 원하는 게 있으니까 거래를 하자는 거지."

논리를 가장한 현호의 말장난에 권은혁이 미심쩍은 얼굴을 끄덕였다.

*　　　　*　　　　*

“그러니까, 금고를 열어달라고?”

권은혁이 기가 막혀 했다. 실소까지 뱉었다.

“너 그걸 말이라고 하는 거냐? 금고를 열어달라고?”

“그래.”

“우리 중학생이거든?”

“그게 뭐?”

“금고 따다 걸리면 어떻게 하려고?”

현호는 권은혁의 걱정스러운 시선을 뒤로하고 녀석의 어깨에 팔을 둘렀다. 순간이지만 권은혁은 마치 오래된 친구와 함께 있는 것 같은 느낌을 받았다.

“이따가 단둘이 얘기하자. 다 사정이 있어서 그래.”

“사정?”

“그래, 좀 도와줘라.”

“쩝.”

영문을 몰라 입맛을 다시던 권은혁은 수업이 모두 끝나고 애들이 학교를 빠져나가자 현호의 반에 모습을 나타냈다.

현호는 책상에서 목장갑을 꺼냈다.

혹시 몰라 지문 방지를 위해 집에서 가져온 것이었다.

"너 어디 털러 가냐?"

권은혁이 픽 웃으며 물었다. 이제는 서로가 서슴없이 대화를 주고받았다.

"거기 앉아봐."

일단 권은혁을 의자에 앉혔다. 그런 뒤에 현호는 권은혁의 맞은편에 앉아서 이야기를 시작했다.

그 모든 이야기를 듣는 동안 권은혁의 눈이 무거운 침묵에 잠겨들었다.

현호가 이런 얘기를 여과 없이 할 수 있었던 것은 권은혁이라는 친구를 잘 알고 있기 때문이었다.

물론 얘기를 시작하면서도 조금의 망설임은 있었다.

성인 권은혁이라면 모르지만 어린 권은혁이 감당할 수 있는 이야기인가에 대한 판단이 쉽게 서질 않았기 때문이다.

하지만 얘기를 듣는 권은혁의 자세를 보니 그런 의구심은 어느새 사라졌고, 현호는 상황을 빠짐없이 얘길 했다.

"그렇단 말이지."

권은혁은 생각에 잠겨 신음을 흘렸다. 그러다 생각이 끝났는지 곧바로 일어서더니 책가방을 내려놓고 소매를 걷어붙였다.

"일단 보고 오자. 금고가 어떤 놈인지 알아야 나도 준비를 하지.”

역시 행동이 빠른 놈이다.

목장갑을 나눠 끼고 이사장실로 향했다.

복도가 텅 비어 있었다. 이미 오후 5시가 넘었고, 학생들도 없었다.

물론 선생님들이야 학교에 있겠지만 눈에 띈들 적당히 핑계를 대면 그만이다.

단, 그것은 이사장실에 들어가기 전이다.

이사장실에 들어간 이후부터는 절대 들키면 안 된다.

현호와 권은혁은 학교 건물 뒤편으로 향했다.

이사장실이 있는 창고 입구는 자물쇠가 없다.

창고로 들어가는 미닫이문을 열면 공간이 있고, 그 안으로 보이는 이사장실 문에 자물쇠가 걸려 있는 구조다.

끼릭, 끼릭.

“됐어.”

권은혁에게 자물쇠를 푸는 것은 일도 아니었다.

순식간에 이사장실 문을 열고 안으로 들어가자마자 권은혁은 긴장으로 고인 숨을 길게 내쉬었다.

물론 현호는 숨 한 번 내쉴 틈도 없이 부지런히 금고를 찾았다.

“여기 있다.”

역시 기억대로 책상 아래에 금고가 있었다. 권은혁이 금고를 보더니 미소를 보였다.

"생각보다 쉽겠다. 이건 열쇠 두 개만 동시에 돌리면 되는 금고야. 딱히 함정도 없어."

"그래? 지금 가능해?"

"해봐야지. 빠르면 5분? 길면 15분 정도. 그 안에 안 되면 오늘은 못 하는 거야."

"알았어."

권은혁이 금고를 건들기 시작했다.

그사이 현호는 책상과 서재의 책, 그리고 소파 틈새를 살폈다. 다른 곳에 보관해 뒀을 가능성도 있기 때문이다.

'후……. 이거 긴장되네.'

아무리 머릿속은 성인이라지만 현호 역시 이런 짓은 처음이었다.

남의 물건 한번 훔쳐 본 적이 없었는데 이제 와 도둑질이라니. 그것도 금고를 털고 있다니.

어떻게 보면 현호보다 권은혁이 더 대단한 놈이었다.

어린아이가 금고를 털고 있으니 말이다.

'좀 더 미래의 기억을 정리해야겠어. 나중에 도움이 될 만한 인연들과 투자할 만한 곳들을… 정리 좀 해야겠어.'

권은혁의 모습을 보면서 현호는 그 같은 생각을 떠올렸다.

지금까지는 회귀 후의 삶에 대충 적응해 갔다면, 이제는 제대로 살아야겠다는 생각이 든다. 길을 아는데 굳이 외면할 필요는 없는 법이니까.

"됐어! 열렸어."

5장

호우 시절

권은혁의 눈이 번쩍였다.

현호는 뒤적이던 책을 내려놓고 서둘러 은혁에게 다가갔다.

금고 안에는 서류 봉투와 서류들이 가득했다.

서류 봉투 하나를 집어 그 속을 살핀 권은혁이 눈을 부릅떴다.

"필름이잖아?"

현호는 권은혁의 손에서 필름을 낚아챘다.

눈을 게슴츠레 뜨고 필름을 살폈다.

하지만 현상하기 전에는 확인하기가 어려운 것이 필름이었다. 물론, 얼추 필름에 찍힌 피사체의 포즈 정도는 확인할 수 있었다.

현호는 필름을 내려놓고 다른 서류 봉투도 뒤적였다.

부스럭, 부스럭.

그러자 이번에 나온 것은 사진이었다.

"뭐야……."

사진을 본 권은혁이 고개를 갸우뚱했다.

현호는 일단 사진과 필름을 서둘러 챙겼다.

"나가자."

일어나자마자 두 사람은 이사장실을 빠져나왔다. 자물쇠를 다시 잠그고 미닫이문을 열려는 찰나였다.

반대편에서 미닫이문이 들썩이는 소리가 들렸다.

'젠장!'

현호와 권은혁의 시선이 마주쳤다. 걸리면 좆 된다.

현호는 곧바로 권은혁의 손을 잡아당겼다. 두 사람은 창가의 커튼 뒤로 몸을 숨겼다.

"젠장, 기름칠을 하든지 해야지. 이놈의 문은 틈만 나면 말썽이네."

미닫이문은 성질 급한 사람은 쉽게 쓰질 못한다.

무작정 잡아 열면 백 퍼센트 걸리기 때문이다.

"남한강~ 소녀가~ 뱃놀이를 하면서~"

이사장 조카의 목소리다. 그는 노랫말을 속삭이며 사무실 자물쇠를 풀기 위해 주머니에서 열쇠를 꺼내 들었다.

현호는 아주 조심스럽게 커튼 뒤에서 녀석의 움직임을 주시했다.

"후… 한유라……. 어떻게 해야 하니……. 전화도 안 받고."

이사장 조카는 혼잣말을 속삭이며 열쇠를 자물쇠에 밀어 넣었다. 그 순간이었다.

바스락.

현호는 이마를 팍 찌푸렸다. 권은혁이었다.

녀석이 코를 들썩이고 있었다. 기침이 터질 모양이었다.

'참아라. 참아라.'

현호가 기도하며 찌푸린 얼굴로 권은혁을 바라봤다.

이사장 조카는 잠시 움직임을 멈췄지만 뒤를 한번 슥 돌아보더니 열쇠를 마저 풀고 이사장실로 발을 들였다.

"엣치!"

*　　　*　　　*

결국 터지고 말았다. 다시 사무실에서 튀어나온 이사장 조카가 눈을 부릅뜨고 커튼으로 다가왔다.

굵직한 손이 커튼 끝을 부여잡은 순간 현호는 이를 악물었다.

"너 누구야!"

"하하… 죄송합니다. 그냥 안에 누가 있나 해서……."

자연스럽게 모습을 나타낸 현호의 얼굴에서 능청스럽게 연기가 나왔다.

하지만 한 가지를 간과했다. 손에 들린 필름과 사진이다.

"너, 그거 뭐야?"

이사장 조카가 그것을 발견한 순간 현호는 발을 내밀었다.

"이야!"

그 발이 이사장 조카의 배를 걷어찼다. 현호와 달리 육중한 성인의 몸을 가지고 있는 이사장 조카지만 불시에 복부를 얻어맞은 탓에 잠시 주춤거렸다.

"이 나쁜 자식아!"

이번에는 권은혁이 주먹을 내질렀다. 현호보다 한 뼘은 키가 크지만 그래 봤자 중학생.

"이 자식들 뭐야!"

이사장 조카가 권은혁의 팔을 붙잡았다. 이내 잡아끌더니 권은혁의 목을 부여잡았다.

"이 새끼들! 감히 여기가 어디라고!"

"커걱!"

숨이 틀어막혀 괴로워하는 권은혁의 모습에 현호는 숨을 크게 들이켜고 복싱 자세를 취했다.

"허! 이 자식 보게."

이사장 조카가 픽 웃더니 권은혁을 밀어냈다. 바닥에 주저앉은 권은혁의 모습을 눈에 담으며 현호는 일대일 대치 상황을 맞았다.

"이 어린놈의 새끼들, 도둑질하는 버릇을 오늘 내가 확실하게 고쳐 주마."

"쓰레기한테 그딴 소리 듣고 싶지 않거든?"

현호의 조롱 섞인 말투에 이사장 조카가 제대로 화가 났다.

"오늘 죽여주마!"

이사장 조카가 달려온다. 녀석이 주먹을 내질렀다.

이미 현호는 단 한 번밖에 기회가 없다고 생각하고 있었다.

신장만 무려 20센티 이상 차이가 난다. 체중 차는 그 갑절은 될 것이다.

싸움에서는 체중 차가 10킬로만 차이가 나도 주먹에 실리는 파워가 달라진다.

그러니 현호의 공격이 통하는 순간은 단 한 번뿐이다.

퍽!

현호의 주먹이 꽂힌 곳은 이사장 조카의 턱이었다.

사람의 신체에서 턱은 가장 치명적인 부위 중 하나다. 제대로 맞으면 뇌가 흔들린다.

"컥……."

이사장 조카가 맥없이 쓰러졌다.

*　　　*　　　*

현호는 일단 학교를 빠져나와 권은혁과 헤어졌다.

집으로 돌아와 책상에 사진을 내려놓은 그는 머리카락을 쓸어 올리며 한숨을 내쉬었다.

"어떻게 된 거지?"

황당한 얼굴로 필름과 사진을 다시 살폈다.

이 사진 속 그 어디에도 한유라의 속살이 드러난 나체는 없었다. 오히려 이사장 조카와 그녀가 함께 웃고 있는 모습만이 찍혀 있었다.

"다른 곳에 둔 건가?"

의자를 빼 앉으면서 현호는 생각에 또 생각을 이어갔다.

그러다 사진을 툭 내려놓고 다른 가능성을 떠올렸다.

'혹시 사진이… 아예 없는 거 아니야?'

나체 사진 따위는 없었다면?

만약 그렇다면 왜 협박 따위를.

현호는 혼란스러웠다. 가능성은 두 가지다.

사진이 다른 곳에 있거나, 아예 없거나.

한데 이상하게도 현호의 머릿속에는 사진이 아예 없을 거라는 생각이 계속 맴돌았다.

'뭐지? 왜 이렇게 찜찜하지?'

그래서 눈을 감았다. 혹 빠뜨린 게 있나 싶어 기억을 떠올리려고 미간을 가득 좁혔다.

그러자 이사장실의 전경과 금고 안, 그 안의 서류 봉투들이 선명히 떠오르기 시작했다.

'서류 봉투는 그게 다였어. 사진은 그 어디에도 없었고. 이사장의 조카… 그 얼굴……'

현호가 사진을 쥐고 있는 것을 봤을 때 이사장 조카는 굉장히 당황한 얼굴이었다. 마치 감춰둔 비밀이 탄로 난 듯이 말이다.

눈을 뜬 현호는 다시금 필름을 들고 창가로 향했다.

넘실거리는 햇살에 대고 필름을 자세히 살폈다.

역시 나체의 한유라는 없었다. 웃고 있고, 행복해 보이는 그녀의 모습만이 가득했다.

"아, 미치겠네."

답이 안 나오자 현호는 반복된 행동을 했다. 사진을 보고, 필름을 보고, 그러다 다시 사진을 보고.

"그런 사진은… 아예 없었던 거야."

마침내 현호는 결정을 내렸다. 지금까지의 생각과는 정반대의 결론이었다.

그 판단은 매우 주관적이고 위험할 수 있었으나 사진을 보면서 드는 느낌이 그 같은 결정을 내리게 만들었다.

"이 미소……."

그래, 바로 이 미소. 사진 속 한유라는 미소를 짓고 있다.

이는 너무도 생동감이 넘치고 사랑스러웠다. 실제로 마주 본 한유라보다도 훨씬.

이것은 사진을 찍는 기술 때문이 아니라 사진에 감정이 담겨 있기에 가능한 것이었다.

사랑에 빠진 사람이, 사랑하는 사람을 담았기 때문에.

만약 성인의 현호였다면 그 같은 생각을 버렸을 것이다.

감정이 담긴 사진이라니, 그런 걸 믿을 순진함은 내다 버린 지 오래였으니까. 그딴 것에 허비할 시간도 아쉬운 사람이었다.

하지만 지금의 현호는 그 내다 버린 감정을 다시금 돌아보는 인생을 살고 있었다.

그래, 결론은 내려졌다.

현호는 사진과 필름을 가지런히 한데 모아 다시 가방에 넣어뒀다. 그때 문이 벌컥 열렸다. 어머니였다.

"현호야, 밥 안 먹니?"

"어머니, 노크 좀 해주세요."

"얘가 징그럽게 자꾸 어머니래. 빨리 와, 너 때문에 공무원

총각 배고프겠다."

공무원 총각은 이번에 강남세무서로 발령이 나서 현호의 집에 하숙생으로 들어온 청년이었다.

방 하나가 남아서 전부터 하숙생을 들인다는 얘기는 있었다.

다만 많고 많은 공무원 중에 하필 세무 공무원이 현호의 집에 들어온 것은 현호 아버지의 조건 때문이었다.

그는 지난번 세금 문제로 골머리를 앓은 것을 계기로 가능하면 공무원, 특히 세금 쪽 공무원을 들이고 싶다고 부동산에 언질을 했다.

뇌물이나 청탁 때문이 아니라, 아들 현호가 그쪽 계열로 공부하기를 원한 것이다.

"자, 충도 군도 한 잔 드시게."

이름 장충도, 현 강남세무서 말단 공무원.

장충도는 아버지가 내민 술잔을 넙죽 받아 들었다. 그는 이미 몇 잔 걸쳤는지 얼굴이 붉게 피어 있었다.

"하하하! 아버님 참 화통하십니다."

넉살 좋게 웃으며 장충도 역시 아버지 잔에 술병을 기울였다.

그 옆에서 미숙이는 뚱한 표정으로 반찬 투정을 하고 있었고, 엄마는 현호에게 어서 식탁으로 오라며 손짓을 하고 있었다.

'갑니다, 가.'

현호는 한숨을 내쉬며 의자에 앉았다.

"현호야, 충도 삼촌 잘 봐라. 얼마나 멋있냐. 나라의 세금은 이 친구가 꽉 쥐고 있는 거야."

'눼, 눼.'

건성으로 고개를 끄덕인 현호를 보며 장충도는 흡족한 듯 미소를 보였다.

"아이고, 아버님도 참. 그렇게 말씀하시면 제가 너무… 고맙잖습니까. 으하하하."

어이구, 아주 푼수 나셨구만.

현호는 고개를 절레절레 흔들며 계란 프라이를 향해 손을 내밀었다. 그러자 미숙이가 손을 뻗어 계란 프라이가 담긴 접시를 제 쪽으로 가져갔다.

"이거 내 꺼!"

"에휴… 그래, 너 많이 먹어라."

어떻게 넌 변하질 않니.

"근데 충도 군, 일은 할 만한가?"

아버지의 질문에 장충도는 헤벌쭉 웃다가 잠깐 우울한 표정을 지었다. 그렇지만 다시금 환히 웃으며 고개를 끄덕였다.

"어려울 것 있나요. 말단인데."

"듣기로는 세무서에서 이번에 새로운 시도를 한다고 하던데? 그 뭐냐, 공권력을 가지는 부서라던가?"

아버지의 얘기에 장충도의 눈이 커졌다.

"그걸 어떻게 아셨어요?"

부가가치세 환급 사건 이후로 아버지가 세무서에 가지는 관심 비중은 높았다.

아마도 담당인 최 조사관에게 들었거나 아니면 소문으로 들었을지도 모른다. 발 없는 말이야 늘 천 리 밖으로 내달리는 법이니까.

"사실 저희 세무서에서 이번에 '특무과'라는 걸 운영하거든요."

"특무과?"

"예……. '특수세무조사과'라고, 어휴, 이런 얘기하면 안 되는데… 뭐, 아버님이니까. 아무튼 그래서 원래 저희가 강제력 같은 것은 없잖아요?"

머리를 긁적이며 얘기하던 장충도는 동의를 구하듯 아버지를 바라봤다.

"그렇지."

"사실 저희 같은 세무서는 자료를 제출하라고 해도 업체가 버티면 방법 없거든요. 그냥 눈에 보이는 세금 때리는 것밖에는……. 뭐, 상급 기관에 조사국이 있기는 해도 거기까지 보고 올리는 것도 번거롭고, 또 기껏 올라가 봤자 보통은 쥐어짜는 선에서 멈추거든요. 근데 특무과는 관련 업체 세원 동향 파악에서부터 탈세 정보 수집에, 세무액부터 소득세와 부가세까지……. 한마디로 위에 올리는 절차를 생략하고 저희 임의로 탈탈 터는 거예요. 그게 강제적인 거죠, 뭐."

지방 세무서는 왕이 아니다. 그 위에 서울청도 있고 국세청도 있다.

어느 기관이나 절차는 무시할 수 없으며 절차에 걸리는 시간은 일 처리에 있어 늘 애로 사항일 수밖에 없다.

더구나 기관마다 사람이 끼어 있다 보니, 여기서는 '오케이' 된 것이 저기 가면 '노'가 되는 일도 잦았다.

물론 중간에 '인사'가 있는 일도 없진 않았고.

"그래?"

한 잔 쭉 마신 아버지는 눈을 가늘게 뜨고 장충도의 이야기에 호응했다.

"근데 저희도 솔직히 긴가민가해요. 위에서는 해보라는데, 이런 게 처음이니까요."

"그게 가능해요? 강제적으로 조사를 한다는 게?"

호기심을 가지고 둘의 대화를 듣던 중에 현호는 고개를 갸웃하고 물었다.

'허, 특이하네. 근데 그런 게 있으면 내가 왜 몰랐을까.'

이전 삶에서 그런 과는 듣도 보도 못했다. 그렇다면 가능성은 하나.

생겼었는데, 사라졌다?

"뭐, 시범 운영이니까 금방 없어질 수도 있어요. 벌써부터 말들이 좀 나와야 말이죠."

장충도의 이어진 말에 현호는 확신할 수 있었다.

경찰도 아니고 일선 기관이 강압적으로 조사를 할 수는 없는 법이다.

아마도 세수 파악에 걸리는 시간을 단축시키고 조사 과정의 한계점을 극복하려고 만들어진 것 같은데, 결국 그 한계를 넘지 못하고 소리 소문도 없이 사라진 듯 보였다.

"그럼 첫 케이스가 중요하겠군."

"그렇죠. 처음에 제대로 한 건 털면 계속 남을 수도 있는 거니까, 시범 케이스 하나 딱 걸리면… 하하. 뭐, 저야 말단이라서 거기 낄 군번도 아니고, 선배들 하는 거 구경이나 하는 거죠."

"말단은 뭐, 실적에 신경 안 쓰나?"

"실적이야 대충 채우는 것 아니겠습니까?"

"하하, 그래. 그런 여유 있는 자세, 아주 좋아! 자, 또 받게나!"

술잔이 계속 오갔다.

현호는 밥 한 숟가락을 입에 넣으며 그 모습을 지켜봤다.

이들은 절대 모를 것이다. 지금의 일상이 있는 것은 현호가 있었기 때문에 가능한 일이라는 것을.

아무렴 어떤가.

아버지의 웃는 모습이 좋고, 어머니의 미소가 좋고, 장충도의 허세도 좋고, 미숙이의 투정도… 뭐, 좋다.

'훗.'

현호는 피식 웃었다.

"뭐야, 밥 먹다 말고 멍충이처럼 왜 웃어?"

미숙이가 노려본다.

'어휴, 저걸 그냥!'

*　　　*　　　*

다음 날 현호가 찾아간 곳은 뜻밖에도 이사장실이었다.

"너, 넌!"

현호를 본 이사장 조카가 엉덩이를 들썩였다. 그러자 현호는 그의 책상에 사진과 필름을 툭 던졌다.

좌르륵.

책상에 흩어진 필름과 사진들.

이사장 조카는 마른 입술을 핥고 어수선하게 흩어진 사진과 필름들을 챙기기 시작했다.

이마에 땀방울까지 맺혔을 정도로 긴장하고 서두르는 모습이었다.

"너 이 자식, 이걸 왜 가져간 거야!"

"왜 그랬어요?"

현호는 대답 대신 오히려 그에게 되물었다.

그 말에 이사장 조카는 손을 멈추고 고개를 들었다. 현호는 다시 물었다.

"왜, 누나를 협박한 거예요?"

"뭐, 뭐?"

이사장 조카의 튀어나온 목젖이 힘차게 출렁였다. 그는 당황하고 있었고, 시선은 길을 잃어 헤매고 있었다.

"정말 나체 사진이 있는 거예요?"

현호는 표정 하나라도 놓칠까 봐 이사장 조카를 뚫어지게 바라봤다. 있다면, 혹은 없다면 그 어떤 경우라도 표정의 변화는 있을 것이다.

그리고 예상대로 이사장 조카는 허망한 시선을 떨어뜨리고 속삭이듯 되물었다.

"어떻게… 안 거냐?"

"누나가 자살을 기도했어요."

"뭐어?!"

그가 다시 고개를 추켜들었다. 눈이 댕그래져서 무척 놀란 얼굴이다.

"당신이 협박해서 어젯밤 칼로 손목을 그었어요. 지금 병원에 있어요. 위독해요."

"어, 어디야!"

이사장 조카가 책상을 벗어나 현호에게 다가왔다.

"어디냐고!"

그가 주먹을 치켜들었지만 현호는 눈 하나 깜짝 안 했다.

"사진이 어디 있는지 알려줄 때까지는 말할 수 없어요."

"말해! 당장 말해!"

이사장 조카는 주먹을 내리고 현호의 두 팔을 붙잡아 흔들었다. 그 순간 현호의 짙은 눈썹이 가득 일그러졌다.

"당신 때문에 한 여자가 죽으려고 했어! 알아?"

"그… 그건……."

갑자기 달라진 현호의 태도에 이사장 조카가 당황했다.

"병원에 찾아가서 뭐 하게? 또 협박하게? 어?"

"아니야… 아니야……. 그런 사진은 없어."

"뭐라고?"

스르륵, 현호의 팔을 놓은 이사장 조카는 터벅터벅 소파로 걸어가 그곳에 털썩 주저앉았다. 그는 얼굴을 감싸 쥐고 흐느끼기 시작했다.

"사진 따위는 없어. 내가 그런 걸 왜 찍어……. 내가 그 사람을 얼마나 사랑하는데……. 흐흑."

"그럼 왜 협박한 거예요?"

"날 떠나려고 했으니까."

"그냥 떠나려고 해서, 협박을 했다고요?"

황당한 시선으로 현호가 바라보자 그는 눈물을 뚝뚝 흘리며 고개를 들었다.

그의 눈은 절망에 빠져 있었고, 후회로 가득 차 있었다.

"사랑하니까……."

다시금 사랑을 되뇌는 이사장 조카를 보며 현호는 고개를 절레절레 흔들었다.

'지랄을 하는구만.'

이 말밖에 나오지가 않는다.

하긴 대부분의 치정 사건이 이런 사소한 것에서부터 시작하는 것이다.

물론 그 이면에는 상대에 대한 그릇된 소유욕이 존재한다.

한마디로 이런 자식은 문제가 있다는 얘기다.

"누나, 들어와요!"

느닷없는 현호의 외침에 이사장실 문이 열렸다. 들어온 이는 한유라였다.

살짝 열린 문틈으로 그녀는 모든 대화를 듣고 있었다.

한유라가 자살을 기도하고 병원에 실려 갔다는 얘기는 애초부터 거짓이었다. 최소한 이번 삶에서 그녀는 전처럼 허망히 죽지 않을 것이다.

"유, 유라야!"

이사장 조카가 벌떡 일어나 그녀에게 달려갔다. 그녀 역시도 턱 끝에 눈물을 달고 있었다.

짝!

그녀가 내민 가늘고 매서운 손길이 이사장 조카의 뺨을 붉게 만들었다.

"왜 그랬어요!"

"미, 미안해……. 크흑."

"바보, 바보!"

신파극도 이런 신파극이 없었다.

한유라는 이사장 조카의 가슴을 빈주먹으로 두드릴 뿐이었다. 또 이사장 조카는 그녀를 부서질 듯 껴안을 뿐이었고.

'아주 난리도 아니구나.'

현호는 눈을 질끈 감았다. 솔직한 말로 이런 병신 같은 오해 때문에 두 사람이 죽고 죽였다니, 믿기 힘든 일이었다.

"유라야!"

"상진 씨!"

꼭 끌어안고 구슬피 우는 두 사람을 잠시 지켜보던 현호는 한숨을 내뱉고 다시금 입을 열었다.

"자, 자, 이제 그만하고! 이리 와서 앉아요!"

*　　　*　　　*

"뭐라고요?"

현호는 놀라서 눈앞에 앉은 두 사람을 바라봤다.

"다 알고 있었다고요?"

현호는 이사장 조카에게 재차 물었다.

지금 그에게 한유라가 학교를 떠나야 하는 선택을 할 수밖에 없었던 이유를 설명하자, 이사장 조카는 한유라와 문구점 사장과의 일을 이미 알고 있다고 답한 것이다. 놀란 것은 현호뿐 아니라 한유라도 마찬가지였다.

"그런데 왜 얘기 안 했어요?"

한유라가 이유를 묻자 이사장 조카는 그녀의 검은 눈동자를 애타게 바라봤다.

"널 사랑하니까."

마주친 두 사람의 시선에 다시 불꽃이 튀었다.

"사랑 타령은 일단 그만하고요."

보다 못해 현호가 소파 앞 테이블을 두드리자 뻘쭘해진 두 사람이 다시금 현호를 바라봤다.

“대체 언제부터 알고 있었던 거예요?”

이어진 질문에 이사장 조카는 잠시 숨을 고르더니 자세를 바로잡고 얘길 시작했다.

“한 달에 두 번이나 사무용품이 들어오는데도 사무용품이 부족할 때가 자주 있더라고……. 그래서 이상하다는 생각을 했지.”

“행정실에 직접 확인해 볼 생각은 안 했어요?”

“그 전에 나름대로 알아봤어. 그랬더니 문구점 사장하고 유라가 연결되더라.”

이사장 조카의 말이 사실이라면 그는 꽤 오랜 시간 고민을 했을 것이다.

그냥 넘기자니 이사장을 속이는 것만 같았을 테고, 짚고 넘어가자니 그녀를 잃을지도 모른다는 불안감이 들었을 테고.

결국 이도 저도 못 하다가 극단적인 상황까지 치달은 것이다.

현호는 그런 마음이 십분 이해되면서도 공과 사를 구분하지 못한 이사장 조카의 행동이 탐탁지 않았다.

그렇지 않은가.

이곳은 사립 중학교다. 한유라와 문구점 사장이 착복하고,

이를 눈감아준 이사장 조카.

그 돈이 대체 어디서 나오겠는가.

더구나 학교나 관공서 등은 세금 신고를 하지 않고 결재 목적으로만 세금계산서 등의 자료를 발급받기 때문에 감사만 피해 갈 수 있으면 눈먼 돈이나 마찬가지다.

또 감사랍시고 교육청 높은 양반들이 오더라도 따로 뒷자리 한번 마련하면 무탈하게 넘어갈 테고.

젠장, 이래서 사학 비리가 끊이질 않는 것이다.

만약 한유라가 갈등하지 않았다면 이 일은 계속됐을 것이다. 물론 이전의 삶에서는 한유라가 자살로 일을 마무리했지만 말이다.

"아마 그 문구점 사장, 우리 학교뿐 아니라 여러 학교에서 해먹고 있을 거야."

이사장 조카는 미간을 찌푸린 채로 어금니를 깨물었다.

상대가 대형 문구점을 운영한다는 점에서 그리 깊게 생각지 않아도 얼추 짐작할 수 있는 대목이었다.

이미 현호 역시도 한유라의 얘기를 들으면서 비리가 이 학교에만 국한된 것이 아닐 것이라는 생각을 했었다.

'그럼 이제 어떻게 하나.'

황당하긴 했지만 어찌 됐든 이사장 조카와의 문제는 해결됐다.

그렇다면 남은 것은 문구점 사장인데…….

"저기……."

그때 한유라가 조심스럽게 입을 열었다.

"나… 따로 장부를 적어놓은 게 있어."

"예?"

현호는 두 눈을 끔뻑였지만 이내 고개를 끄덕이고 그녀를 바라봤다.

'훗, 아주 샌님은 아니군.'

지금 막 예상이 맞아떨어졌다.

한유라에게 자수하게 하려고 해도 증거가 미약했던 게 사실이다.

그래도 내심 문구점 사장에게 이용당하는 위치에 있는 한유라이니 따로 금전 거래 내역 정도는 보관해 두지 않았을까 예상했던 현호였다.

"어떤 장부예요?"

한유라는 얘기하기로 결심이 선 듯했지만 여전히 속에 든 걸 꺼내는 데 주저하는 모습이었다.

채근해 볼까 하려는 차에, 이사장 조카가 그녀의 손등에 손을 올렸다.

두 사람의 시선이 마주하고서야 한유라가 다시금 용기를 냈다.

"혹시 몰라서 사무용품이 실제 들어온 날짜와 허위로 들어온 날짜를 모두 적어놨고, 대금 납부 내역, 통장 입금 내역, 그리고… 녹음테이프도 있어."

"녹음테이프? 워크맨?"

그 얘기를 듣자마자 현호는 엄지와 검지를 부딪쳤다. 순간 딱 소리가 크게 울렸다.

하지만 그 소리에 정작 놀란 이는 현호였다.

'허…….'

핑거 스냅은 그가 사무실을 개업했을 때, 당시 여직원이 하는 모습을 보고 마음에 들어서 배웠던 것이다.

그 뒤로 일이 잘 풀릴 때나, 아니면 뭔가 기분이 좋을 때는 습관적으로 손가락을 부딪치고는 했었다.

그런데 회귀 후 지금까지는 까맣게 잊고 있었던 걸 지금 순간 자신도 모르게 행동하고 말았다.

한마디로 지금 현호는 이 일에 완전히 푹 빠져 있다는 얘기였다.

'좋았어. 그럼 이제 남은 것은 문구점 사장을 어떻게 하냐 이건데.'

생각을 잇던 현호는 자세를 바로잡고 두 사람을 다시 바라봤다.

"일단은 자료를 좀 훑어보고 나서 자수하죠."

"자료를 누가 볼 건데? 근데 본다고 뭐가 달라질 게 있을까?"

한유라가 조심스럽게 물었다.

그녀의 눈동자는 앞으로 현호가 어떻게 할지 궁금한 듯한 시선이었다.

반면 이사장 조카는 생각이 조금 다른 듯했다. 그도 그런 것이 한유라와 달리 그는 남자이고, 자신이 보기에 어린 현호의 지시에 따를 이유가 없는 것이다.

"설마 네가 보겠다는 거니?"

이사장 조카가 못미더운 시선으로 현호를 바라봤다.

"왜요? 제가 보면 안 됩니까?"

순간 기분이 나빠진 현호가 차가운 시선으로 되물었다.

지금 두 사람을 봉합한 사람이 누구인데, 감히 그런 눈으로 본다는 말인가.

"글쎄다. 그건 좀 아닌 것 같다. 이건 어른들 일이니, 내가 알아서 하마. 너는 이만 빠지는 게 좋을 것 같다."

예상대로 태클이 이어지자 현호는 눈을 찌푸렸다.

'어휴… 이걸 쥐어 팰 수도 없고.'

현호는 한숨을 삼켰다.

뭐, 아예 납득이 되지 않은 것은 아니었다. 이사장 조카의 입장도 이해는 간다.

그렇지만 이사장 조카가 할 수 있는 게 무엇이 있을까.

'엄밀히 따지면 네놈도 알게 모르게 넘어가 준 공범이잖아?'

평소 이사장 조카에 대한 소문도 그렇고, 현호가 지켜본바, 그는 감정의 기복이 심하고 나약한, 소위 말해 무능한 인물이다.

그렇다는 말은 이 일이 투명하게 처리될 가능성이 낮다는 얘기이기도 했다.

최악의 경우에는 문구점 사장과 이사장 조카가 서로 합의해서 이 일을 마무리 지을 수도 있었다.

서로 좋은 게 좋은 거라는 헛소리를 지껄이면서.

'후… 그래도 여기까지 왔으면 할 만큼 한 것 아닐까.'

이사장 조카의 말은 예상외였지만, 그 때문에 지금까지 거침없던 현호의 마음이 흔들린다.

이제는 선택의 순간이었다. 이 일에서 빠지느냐, 아니면 계속 발을 담그느냐.

그래, 어차피 이 일은 경찰이 맡아서 할 일이다.

'나 같은 세무사가 낄 일도 아니고……. 그렇다고 세무서에서 뭘 할 수 있는 노릇도… 세무서?'

문득 현호의 머릿속에 하숙생 장충도가 스쳐 갔다.

대형 문구점을 운영하는 문구점 사장.

예상 가능한 추가 범죄의 흔적.

분명 찾아보면 탈루액도 더 나올 테고.

그동안 현호는 이 일에서 세금 문제에 관한 것은 일절 생각지 않았었다. 그저 한유라를 자수시키면, 나머지는 경찰이 알아서 할 일이었다.

세무서에 신고를 한다느니, 그딴 귀찮은 일까지 고려할 필요가 없다는 얘기였다.

왜냐고? 당연하지 않은가.

세무서는 공무원들의 집합소일 뿐이니까. 문구점 사장을 털지도 못할 위인들이다. 그저 세금이나 때리는 것밖에는.

'부족해. 그래, 이걸로는 부족한 거야.'

생각에 변화가 일자 현호의 머릿속에 지금의 상황들이 빠르게 이어졌다.

그것은 마치 머릿속에 번개가 치는 것 같았다.

뇌세포들이 빛의 속도로 연결되면서 상황과 상황들을 빠르게 이어가고 있었다.

'분명, 여러 학교가 걸렸을 테고, 각 학교에는 한유라처럼 이용당하거나 혹은 동조하는 사람이 있을 수 있어.'

그 같은 가능성을 고려했을 때, 문구점 사장은 아마 꽤 많은 돈을 착복했을 것이다.

물론 신고할 수 없는 돈이니 세금 한 푼 내지 않았을 테고.

그것은 추측이 아닌 팩트.

'그래, 어차피 한유라는 자수하기로 결심했어.'

시기가 조금 늦춰진다고 해서 문구점 사장이 행한 그동안의 흔적들이 사라지지는 않는다.

문제는 돈.

이런 개자식들은 돈을 제대로 빼돌려 놓았을 것이다.

솔직한 말로 일반인들보다 머리가 잘 굴러가는 게 돈에 환장한 범죄자들이다.

막말로 문구점 사장이 돈으로 좋은 변호사를 선임하고, 형사와 검사를 매수해 별의별 짓을 다 할 수도 있었다.

아니면 좋겠지만 어찌 된 게 살면서 불길했던 생각은 꼭 들어맞지 않았던가.

그러니 이참에 숨긴 돈 찾고, 빼돌린 거 압수하고, 세금까지 걷어야 한다.

한마디로 아예 문구점 사장의 돈줄을 틀어막아야 된다는 것이다. 경찰 수사는 이후에 들어가도 늦지 않는다.

하지만 경찰이나 검찰이 아니라면 누가 그걸 털 수 있을까.

숨겨진 돈을 털고, 그것에 세금까지 부과할 수 있는 강제성을 가진 기관이 누가 있을까.

물론 경찰이 털고 세무서가 바통을 잇는 환상의 호흡을 기대할 수도 있겠지만, 언제 정부 기관이 발맞춰 일한 적이 있던가.

서로의 실적 때문에 늘 엇박자를 내는 것이 그놈의 관계 기관들이다.

그럼 그 두 가지 일을 한 번에 처리할 수 있는 기관이 대체 뭐가 있단 말인가.

'딱 하나 있지……. 특수세무조사과!'

눈을 번쩍 뜬 현호는 머리끝에 큰 울림을 느꼈다. 흥분이 밀려온다.

정말 장충도의 말대로 공권력이 있는 특무과가 존재한다면.

만약 그곳에서 문구점 사장을 털고, 그래서 특무과가 앞으로도 존치하게 된다면, 필시 이번 생의 미래엔 세무 공무원의 역량이 한층 강해질 것이다.

그걸 지금 현호 자신이 유도할 수 있다는 얘기였다.

'세무서가 이 일을 물면 대박인데. 근데… 내가 얘기한들 장충도가 믿긴 할까…….'

현호가 말없이 생각을 잇고 있자 이사장 조카가 답답한지 입을 들썩였다. 그러자 한유라가 그를 막았다.

지금 그녀는 누구보다 현호를 믿고 있었다.

현호가 일을 해결해 준다고 약속한 것도 있지만, 그동안의 대화에서 보여준 그의 결심, 행동, 상황 파악 등을 하는 모습에서 남다름을 충분히 느꼈기 때문이다.

실제로 어제까지만 해도 이사장 조카와의 관계 때문에 죽고 싶다는 생각에 빠졌던 그녀였지만, 현호는 하루 만에 그 같은 생각을 뒤집어엎게 만들었으며, 이사장 조카와의 오해도 풀어줬다.

“조용히 해요. 현호가 생각하게 내버려 두세요.”

한유라의 눈빛.

그녀는 지금 눈부시도록 빠르게 성장하는 차현호를 보고 있었다.

그때 현호가 시선을 들었다.

그의 눈은 자신을 보고 있는 한유라가 아닌 이사장 조카에게 꽂혔다.

* * *

계획은 이러했다. 자수는 일단 뒤로 미루고, 우선은 세무서에 제보를 한다.

그 같은 결정 끝에 이사장 조카가 장충도를 만나보기로 했다.

물론 현호가 자리를 마련했다.

예상되는 시나리오는 공권력을 가졌다는 특무과가 문구점을 터는 것이나.

설사 예상대로 상황이 흐르지 않고 특무과가 그 일을 거절한다 쳐도, 일반적인 세무조사 정도는 유도할 수 있을 것이다.

어차피 공무원이기는 해도 결국에는 직장인, 이 사건 자체가 그들에게는 실적으로 돌아갈 테니 말이다.

'세무서에 제보하고 경찰에 자수한다.'

시나리오는 나쁘지 않다.

하지만 그렇게 돼도 불안함은 여전히 남는다.

제보자인 한유라에게 돌아갈 정상참작의 가능성이 얼마나 될 것인가에 따른 판단이 그 문제다.

오히려 공무원들의 실적 전쟁 때문에 한유라의 기여도가 낮아질 수도 있다.

자수가 아닌 제보가 먼저인 것이 도리어 독이 될 수도 있다는 얘기였다.

말도 안 되는 일 같아도 현장에선 어처구니없게 그런 일이 종종 벌어진다. 제보자라고 떠받들어 주진 않는다는 얘기다.

'이렇게 된 거, 장충도에게 한번 기대해 봐야지.'

현호가 굳이 그 많은 세무 공무원을 두고 장충도를 택한 것에는 그가 한집에 사는 하숙생이기 이전에 세무서의 말단이기 때문이었다.

말단인 장충도라면 실적이라는 틀보다는 공명심이 더 클 테고, 평소 그의 허세를 볼 때 일에 있어 적극적으로 덤벼들 여지를 두고 있었다.

그런 점에서 장충도의 포지션은 아주 적절했다.

“유라가 나와서 설명하는 게 더 낫지 않았을까?”

다방에서 장충도를 기다리는 동안 이사장 조카가 초조한 시선 뒤로 현호를 보며 물었다.

현호는 고개를 단호히 가로젓고 자신의 생각을 얘기했다.

“아니요. 엄밀히 말해 유라 누나는 범죄 피해자예요. 보통 범죄 피해자들이 제보를 주저하는 것은 자신에게 미칠 책임 때문이죠. 설사 제보하기로 마음을 먹었어도 수사 과정에서 그런 마음은 대개들 약해져서 나중에는 축소해서 얘기를 하거나 진술을 번복하죠. 왜냐하면 수사에 따른 과정에서 피로도가 증가하기 때문이에요. 어차피 누나는 나중에 경찰 조사가 들어가면 한동안 시달릴 사람이니 지금부터 미리 지치게 할 필요는 없어요. 그리고 이런 일은 남자가 하는 게 낫고.”

“넌 어떻게 그런 걸 잘 알고 있는 거야?”

현호의 차분한 설명에 이사장 조카는 넋이 나간 얼굴이었다.

‘그 형사 출신 사장이랑 얼마나 술을 마셨는데. 근데 이러

고 보니까 내가 세무사가 아니라 형사 같네.'

술만 들어가면 과거 사건에 대해 털어놓던 그 양반은 한때는 강력계 형사였다.

가만, 그러고 보니 지금 연도에 그 사람은 뭘 하고 있을까.

"어, 왔나 보네요."

다방 유리창 너머로 장충도가 보였다. 그는 들어오자마자 특유의 사람 좋은 미소를 띠고 현호에게 다가왔다.

오늘 만나는 이유는 미리 집에서 간략하게 설명을 했다.

학교의 이사장 대행이 세금 문제로 제보할 게 있다고 말이다.

"만나서 반갑습니다. 강남세무서 조사계 장충도입니다."

"반갑습니다. 영선중학교 이사장 대행 이상현입니다."

가벼운 악수 뒤에 곧바로 얘기가 시작되었다.

학교에 비리가 있고, 그것이 알고 보니 문구점 사장과 연관되어 있다는 얘기가 이어졌다.

그리고 그 문구점 사장은 해당 학교뿐 아니라 다른 학교에도 이런 비리를 가지고 있을 것이다. 그러니 착복한 돈도 많을 테고, 세금도 일절 내지 않았을 거라고 얘기했다.

'장충도가 아예 거절하면 어떻게 하지?'

현호는 계속해서 진짜 최악의 가능성을 고려하고 있었다.

세상일이 예상대로만 흐르면 좋겠지만 그런 기대는 늘 어김

없이 무너지는 법이다.

'젠장, 조바심 나네. 중학생 몸만 아니었으면…….'

그랬다면 직접 나섰을 것이다.

'최악의 경우에는 그 사람을 찾아가야지.'

현호는 2년 전의 부가가치세 환급 사건과 최 조사관을 떠올렸다.

물론 거기까지 가면 너무 복잡해질 것이다.

자칫 잘못하면 회귀했다는 사실을 들킬 수도 있고.

"놀라운 얘기네요. 흠……."

얘기를 듣고 난 장충도는 입술을 살며시 깨물고 입을 열기를 주저했다.

'학교와 문구점 사이의 비리라.'

장충도는 현호와 이사장 조카라는 사람을 바라봤다. 하지만 쉽게 입을 열기 어려웠다.

자신은 결정이라는 것을 할 위치에 있지도 않으며, 희망 어린 답을 주기에도 확신이 서지 않는 얘기였기 때문이다.

"증거는 있나요?"

"여기."

이사장 조카는 장부를 꺼냈다.

"이걸 보시면……."

그는 꺼낸 장부의 내역을 하나하나 짚으며 설명을 했다.

심각한 이사장 조카의 얼굴과 달리 장충도의 얼굴은 여전히 망설임이 깃들어 있었다.

엄밀히 말해 이 사건은 범죄 사건이고 경찰이 맡아야 한다.

한데 '착복과 탈세'라는 단어가 붙어 있으니 그로서도 판단이 애매한 것이다.

"왜, 형이 얘기했던 특수세무조사과는 어때요? 이런 건 안 되나?"

"뭐?"

현호의 찔러보기식 질문에 장충도가 턱 끝을 매만졌다.

좀 전과 달리 눈썹이 한층 기울었다.

'하긴, 말대로라면 여러 학교가 끼어 있으니 규모가 커질 것 같기는 한데.'

장충도는 여러 생각을 이어봤다.

이 건이 정말 대어라면, 그래서 특무과가 크게 한 건 하게 된다면, 그렇다면 세무서에서의 그의 위치도 한 단계 격상할 것이 분명하다.

'그게 아니더라도, 기획 세무조사 정도는 들어갈 수 있을 것 같은데.'

일반적으로 세무서에는 정기 세무조사와 기획 세무조사가 있다.

굳이 현호가 특무과를 거론하지 않았다면 이 경우에는 기획 세무조사가 타당할 것이다.

'하긴… 이번 정기 세무조사 실적이 그리 좋지는 않았다니까.'

뭐가 됐든 건수가 있다면 나쁘지 않다는 얘기다.

더구나 우연의 일치인지는 몰라도 얼마 전 회의에서 장충도는 도, 소매 쪽을 건드려 보면 어떻겠냐는 제안을 한 적이 있었다.

아무래도 현금이 자주 오가는 곳이니 건들면 낙엽 떨어지듯 누락된 세금이 우수수 쏟아질 거란 계산이었다.

물론 신입의 제안을 귀담아들은 사람은 별로 없었고, 현실에도 그다지 맞지 않다는 타박만 받아야 했다.

'괜히 또 덜컥 들고 갔다가 아니면 어떻게 해.'

지금 이사장 대행이라는 사람의 얘기에 분명 마음이 동하는 것은 사실이다.

그렇지만 어떻게 해야 할지 감이 오질 않는다.

"어때요? 가능성이 있지 않겠어요?"

현호가 재차 질문하며 장충도의 표정을 살폈다. 하지만 그 표정이 좋질 않으니 답답함만 커져 갔다.

'어휴, 너무 말단한테 얘길 꺼냈나.'

말단이라는 것은, 다른 말로 결정권자가 아니라는 뜻이다.

그게 아니라면 장충도의 세무 지식이 부족해서 상황 파악이 덜 되는지도 모른다.

장충도는 세무를 공부해서 세무 공무원이 된 것이 아닌, 그저 세무서로 발령이 난 수많은 공무원 중 하나에 불과하다.

그나마 장충도의 호기를 기대했건만, 지금 보니 평소 성격과 달리 일에 있어서는 꽤 신중한 타입인 듯했다.

'판단 미스인가.'

하긴 그동안 일이 너무 술술 풀리긴 했지.

"거기가 어디라고요?"

장충도는 일단 메모지에 해당 문구점의 상호를 적었다.

그러고는 볼펜을 딸깍거리며 이사장 조카를 다시 바라봤다.

"제가 돌아가서 이 문구점 한번 알아보겠습니다. 그래서 가능성이 있다면, 위에다 보고해 볼게요."

"꼭 좀 부탁드립니다."

"장담은 못 해요. 제가 뭘 나서서 할 수 있는 입장은 아니라서. 현호야, 미안하다. 확답을 못 줘서."

"아니에요."

"결과 나오면 바로 알려줄게."

장충도의 말꼬리가 힘이 없다.

'이런, 시작부터 이런 자세면 좋지 않은데.'

현호는 장충도가 좀 더 적극적으로 움직이길 원했다.

하지만 당장 현호가 할 수 있는 것은 없었다.

장충도에게 조언을 해주고 싶어도 중학생의 몸이라는 점이 계속해서 현호의 발목을 잡았다.

그러니 지금 현호가 할 수 있는 일은 그저 바람의 방향이 바뀌길 기대하는 것뿐이었다.

아주 조금만, 바람의 방향이 틀어지길.

결국에 그것이 불씨를 일으키고, 필요한 순간 화르륵 피어오를 수 있다면.

"잘됐으면 좋겠다."

현호는 장충도를 향해 일부로 크게 미소를 보였다. 그러자 장충도 역시 고개를 끄덕였지만 그리 대수롭지는 않은 얼굴 표정이다.

"그래. 뭐, 잘되면 좋지."

"아니, 특수세무조사과요."

"어?"

"이 일로 특수세무조사과가 계속 남을 수 있으면 좋겠다고요. 멋있잖아요? 공권력을 가진 세무서라니. 그렇게 되면 앞으로 세무서의 입지도 넓어질 테고, 나중에는 세무 공무원의 힘이 엄청 커질 거 아니에요? 막, 형사나 검사들처럼 말이죠. 그리고 그 시작에 형이 있는 거니까……. 그렇죠?"

"뭐어? 어… 어, 그렇지."

현호의 말에 장충도가 생각이 깃든 시선으로 끄덕였다.

지금 현호의 말을 들으니 이거 잘되면 한 단계 격상 정도가 아니지 않은가.

'그래. 진짜 그렇게 되면 이거 대한민국 세무 역사에 내 이름 석 자 남는 거 아니야?'

장충도의 시선이 묘하게 흔들린다.

"진짜 장난이 아니네……."

장충도는 신음을 흘리며 턱 끝을 긁적였다.

세무서가 보관 중인 문구점의 최근 기록을 살펴봤지만 전혀 문제 될 게 없었다.

신고 누락된 것 하나 없었고, 세금 납부 역시 성실한 편이었다.

'하…….'

장충도는 깍지 낀 손을 뒷머리에 걸치고 등을 의자에 기댔다.

선배들이 보면 기가 찰 행동이었지만 다행히 점심시간이라 사무실은 텅 비어 있었다.

'문제는 말이야… 너무 적다 이거지.'

자료 자체에는 문제가 없다.

매출 신고가 별로 없고, 신고된 것이 규모가 작기는 해도,

해당 업체가 문구점이라는 점에서 충분히 납득 가능한 수준이다.

단지 문제라면 장충도의 손에 이사장 대행이라는 자가 건넨 장부가 쥐어져 있다는 점이다.

장부와 문구점의 기록을 맞춰봤을 때, 그동안 문구점이 제출한 내역들이 가짜라는 것은 말단인 장충도라도 단박에 알아볼 수 있었다.

장부에 빗대보면 문구점 매출의 절반도 기록에 적혀 있지 않았으니 말이다.

그리고 여기서 더 큰 문제가 있다.

바로 현호의 학교에서만 이 정도 차이가 난다는 점이다.

만약 이사장 대행의 얘기대로 문구점이 다른 학교에서도 착복을 하고 있다면, 매출 누락의 규모는 눈덩이처럼 불어날게 분명하다.

물론 이는 직접적인 장부가 없으니 털어봐야 알 수 있을 것이고.

"흠……."

장충도는 깍지 낀 손을 풀고 의자에서 일어났다.

서둘러 사무실을 빠져나오던 그는 점심 식사를 끝내고 오던 선배와 복도에서 마주쳤다.

"충도, 너 정말 밥 안 먹냐?"

"예. 괜찮습니다."

"그럼, 담배 한 대 피우자."

평소 장충도를 잘 챙겨주던 선배였다. 그런 그가 입꼬리를 끌어 올리며 다가왔지만 장충도는 멋쩍은 얼굴로 주저했다.

"저… 할 일이 있어서."

"뭔데?"

"문서실에 좀 가보게요."

"거긴 왜?"

"옛날 자료 좀 보려고……."

"왜? 누가 뭐 시켰어?"

장충도는 대답을 망설였다.

순간의 재치로 상황을 넘기기에는 사회 경험이 그리 많지 않은 그였다. 그렇다고 거짓말까지 할 이유는 없었다.

"저, 선배, 드릴 말씀이 있는데……."

감당이 안 되는 일은 빨리 토스하는 게 정석이다.

"뭔데?"

선배가 미간을 좁힐 때였다.

평소 후배들을 쥐어짜기로 소문난 성시원 조사관이 뒤에서 다가와 선배의 어깨에 손을 얹었다.

"최 조사관, 담배 한 대 피우러 가자. 너도 와, 인마."

성 조사관은 특유의 눈빛으로 장충도를 바라봤다. 그가 주저하자 최 조사관이 대신 이유를 댔다.

"충도는 창고 가봐야 된대."

"창고는 무슨, 오라면 와."

결국 셋은 담배를 피우러 옥상으로 향했다.

장충도는 이날의 일을 이렇게 기억한다.

'그날, 그 셋이 담배를 태우면서 나눈 얘기로 인해 먼 훗날 대한민국을 뒤흔든 특수세무조사과의 시작이 있을 수 있었지.'

*　　　*　　　*

며칠 뒤에 퇴근한 장충도가 현호의 방문을 두드렸다.

"현호야, 잠깐 형 좀 볼래?"

두 사람은 밤바람을 맞으며 옥상으로 향했다.

장충도는 담배를 입에 물고 라이터를 손에 쥐며 현호를 바라봤다.

"특무과에서 이 일 맡기로 했다."

장충도는 상기된 얼굴로 말했다.

세무서에서는 보다 확실한 사실 확인을 위해서 현호의 학교인 영선중학교 측에 매입 자료를 요청했다.

그렇게 세금계산서를 다시 한 번 확인했고, 한유라가 작성

한 장부와 문구점이 신고한 매출 내역을 재검토했다.

또한 제보자인 한유라와 이사장 대행을 불러들여서 전후 상황을 처음부터 다시 확인했다.

그 자리에서 한유라는 문구점 사장이 쥐고 있는 통장을 제외한 관련 자료들을 모두 건넸다. 물론 이미 현호가 한번 훑어본 자료들이었고, 녹음테이프도 포함돼 있었다.

"진짜요? 진짜 특무과에서 하기로 했어요?"

"그래!"

장충도의 얼굴에는 성취감이 서려 있었다.

기분 좋은 그의 미소를 보며 현호 역시 두 주먹을 불끈 쥐었다.

'좋았어!'

기대했던 만큼 시작이 좋다.

"그나저나 쉽지 않은 일이었어."

담배 연기를 뿜으며 장충도는 세무서에서 있었던 일을 얘기했다.

그는 이 일을 윗선에 보고했고, 처음에 위에서는 크게 생각지 않았다는 것이다.

하지만 그가 아주 강하게 요청을 했더니 그제야 일 처리가 진행이 됐다고 했다.

"참 나, 나도 대단하지. 세상에 이런 말단이 어디 있어? 안 그러냐? 푸하하하."

물론 이는 장충도 특유의 허세였지만 현호는 그냥 그런가 보다 싶어서 고개를 끄덕이고 얘기에 집중했다.

'네가 잘도 그랬겠다.'

어찌 됐든 이제 세무서에서는 이 사안의 중요성을 높게 여기게 됐을 것이다.

사실 세무서가 당연히 맡을 일이었지만 내내 변수를 고려했던 현호로서는 겨우 한숨을 돌릴 수 있었다.

'휴……. 이제 좀 편하게 자겠네.'

어른이란 이렇듯 늘 쓸데없는 걱정을 안고 사는 것이다.

"잘됐으면 좋겠네요."

"너희 학교뿐 아니라 관내에 있는 모든 학교를 대대적으로 조사하는 일이야. 이런 일은 서울시 역사상 최초다. 앗! 이거 비밀이다?"

현호는 고개를 끄덕이고 나서 물었다.

"근데 앞으로 어떻게 될까요?"

"뭐가?"

"일 처리요. 처음으로 특무과가 나서는 일이잖아요."

"흠… 모르겠다. 이번 일이 과연 어떻게 될지는 나도 도저히 가늠이 안 간다."

특수세무조사과가 어떤 식의 일 처리를 보일지는 장충도나 현호로서도 예상이 가질 않았다.

세무 공무원이 강제력을 가진다고? 세무서가 공권력을 쥔다고?

상상도 하기 힘든 일이었다.

일개 공무원이 강제로 누군가를 연행하고 조사하는 것을 본 적이 있는가?

그건 경찰이나 검찰 같은 사법기관에서나 하는 일이다.

하지만 장충도의 얘기처럼 정말 세무 공무원이 강제력을 쥘 수 있다면, 그리고 이번 일에서 제대로 한 건 할 수 있다면.

단순하게 보면 문구점의 세금을 걷는 일이다.

그렇지만 세무서로서는 특수세무조사과라는 설립 취지에 맞게 주도적으로 해결할 일이기도 하니 언론을 적절히 활용한다면 자신들의 위상을 한층 높일 수 있는 기회가 될 것이다.

세수 확보와 특무과의 존치.

이 일이 그들로서는 일석이조의 건수란 얘기다.

'만약 내가 죽기 전에 특무과가 있었다면.'

현호는 찌푸린 얼굴로 신음을 삼켰다.

마치 발끝에서 다시금 새하얀 폭발이 일어나는 기분이었다.

'그랬다면.'

정말 그랬다면 신전그룹을 조사할 수 있었을지도 모른다. 경찰도, 검찰도, 심지어 법원도 피하는 신전그룹을 말이다.

'후… 그럼 이제 딜을 해야지.'

지금까지는 상황이 운 좋게 현호의 예상대로 흘러갔다.

이대로만 지속된다면 일은 무탈하게 마무리될 것이다.

하지만 그렇게 되면 결국에는 세무서 배만 채워주는 꼴이다.

세상에 공짜는 없는 법.

하물며 제보자에 대한 혜택이라도 있어야 하는 것 아닌가.

"형."

현호는 고개를 들어 장충도를 바라봤다. 그가 담배 연기를 짙게 뿜더니 현호를 돌아봤다.

"왜?"

* * *

"뭐?"

장충도가 이마를 찌푸렸다.

어차피 지금 문구점 주인의 세금 탈루 정황을 포착한 마당에 세금 추징은 어렵지 않을 것이다.

물론 문구점 사장은 특무과의 조사가 끝나면 경찰에 인계될 것이고, 수사는 거기서 또 이어질 것이다.

그래서 지금 현호가 한 말인즉,

이때 한유라를 세무서에서 커버해 준다면, 그녀의 공로를 인정해 준다면, 최악의 경우라도 집행유예 선에서 그녀를 지킬 수 있을 것이다.

"그건……."

장충도는 이번에도 대답을 주저했다.

"형, 유라 누나는 협박당한 거예요. 알잖아요?"

"그거는 추후 경찰 조사에서……."

"특무과가 공권력을 쥐고 있다면서요? 어느 정도 처벌 수위에 대한 것을 정한 다음에 경찰에 넘기는 거 아닌가요?"

뭐, 틀린 얘기는 아닐 것이다.

특무과를 시범 운영하는 것 자체가 일정 부분 사법기관의 협조를 받는 일일 것이다.

그렇지 않고서야 그들이 미쳤다고 자신들의 권한을 빼앗기는 것과 같은 상황을 잠자코 보고 있겠는가.

"아니야, 그건."

하지만 장충도는 현호의 생각에 고개를 가로저었다.

"사실 관계 기관의 협조가 있기는 했지만, 그들로서는 우리 특무과를 그다지 깊게 생각하지 않고 있어. 그냥 곧 사라질

거 정도로 생각하고 있거든. 솔직히 최 조사관님이 이 특무과를 만들자고 건의했을 때도……."

"최 조사관님이요?"

6장

쓸쓸한 마무리

"최 조사관님이요?"

현호는 장충도의 얘기 중에 이마를 찌푸리고 끼어들었다.

"어. 너희 아버지 담당 조사관님."

"그 최 조사관님이 특무과를 만들자고 했다고요?"

"그래. 대단한 양반이지. 어떻게 그런 생각을 했는지."

이럴 수가. 특무과를 최 조사관이?

현호는 놀라서 입을 다물지 못했다.

최 조사관이 그 정도 인물일 거라곤 생각하지 못했었다.

"하긴 그렇죠……. 보통은 현실에 적응해 다른 길은 보지 못하는 법이니까요."

"자식, 말도 잘하네."

장충도는 현호를 대견한 시선으로 바라봤다.

'어린놈이 보통이 아니란 말이야.'

평소 현호를 보며 들었던 생각이다.

가끔 느끼지만 이 녀석의 말과 시선에는 설명할 수 없는 무언가가 있었다. 그래서 어린아이지만 마냥 무시할 수는 없었다.

"아무튼 경찰이나 검찰도 특무과가 금방 없어질 거라고 생각했을 거야. 솔직히 지금 우리, 걔들 뒤통수치는 거야."

"그럼 오히려 잘된 거 아닌가요?"

현호가 눈을 반짝였다.

"뭐?"

"팔 걷어붙였으면 싸워야죠."

"충분히 싸우려고 하고 있거든?"

호기 어린 모습에 장충도가 피식 웃었다. 그렇지만 현호는 웃지 않았다.

"그럼 어른 싸움에 양보가 어디 있어요? 지금 특무과의 첫 케이스잖아요. 처음에 제대로 붙어서 기득권 잡아야죠."

"기득권?"

장충도가 눈을 찌푸렸다. 그 모습에 현호는 한숨을 내쉬었다.

답답하다, 답답해.

"나중에 검경이 태클 걸 거 아니에요? 왜 당신들 주제넘게 일하냐고. 아니에요?"

특무과의 행보에 사법기관의 협조가 있을 것이라는 현호의 생각은 틀렸는지 모른다.

그렇지만 공권력을 놓고 그들이 잠자코 있진 않을 것이라는 건 굳이 겪어보지 않아도 알 수 있는 일이었다.

"현호 씨."

목소리.

현호가 다시 입술을 떼려는 순간, 갑자기 귀에 익은 목소리가 들려왔다.

하지만 그것은 실제가 아닌 선명한 기억 하나가 만들어낸 이명 현상이었다.

현호는 문득 떠오른 그 선명한 기억을 끄집어냈다.

이전 삶의 술자리에서 강력계 형사 출신의 양반이 초점 잃은 시선으로 그 말을 꺼냈었다.

"공권력이 뭔지 알아요?"

"공권력이요? 글쎄요……. 근데 우리 사장님 많이 취하셨나."

"공권력에서 공을 한번 빼봐."

"권력이요?"

"그래, 권력. 그리고 권력을 쥔 자는 왕이 될 수 있지."

"왕… 이요?"

그때의 그 기억.

실없는 소리로 생각해 웃음으로 넘겼던 그 얘기.

그게 왜 지금 순간에 떠오른 걸까.

잠시지만 현호는 얼빠진 시선으로 허공을 보고 있었다.

장충도가 재차 그를 불렀다.

"현호야."

"예, 예?"

정신을 차린 그가 장충도를 돌아봤다.

"갑자기 무슨 생각을 그렇게 하고 있어?"

"아, 아니요. 그냥 제가 얘기한 게 맞나 해서요."

"훗, 네 말대로 그럴 수도 있겠지."

장충도는 여전히 현호의 말을 제대로 이해하지 못하고 있었다. 그러자 현호는 아예 몸을 틀고 그를 마주 봤다.

"그러니까요, 그럼 그때 가서 우리가 잘못했습니다, 다음부터는 조심하겠습니다… 그럴 거에요? 아니잖아요. 그러니까 싸워야죠."

"뭐… 틀린 말은 아닌데, 그거야 차차 타협을 하겠지."

"형, 타협은요, 많이 가진 자가 양보를 하는 거예요. 가진 게 없는 사람은 주면 먹고, 안 주면 굶는 거예요. 그러니까 일단은 닥치는 대로 뺏어놓으라고요. 그래야 훗날 특무과가 어느 선까지 가느냐를 두고 관계 기관들과 확실하게 딜을 할 수 있죠."

현호의 날 선 표정에 장충도가 마른침을 꿀꺽 삼켰다.

솔직히 장충도에게 얘기를 한들 의미가 없는 일이었지만 잠시 흥분이 돼서 얘기가 쏟아졌다.

잠시 흐르는 정적.

타들어간 담배가 장충도의 손가락 사이에서 재가 돼 떨어졌다.

"근데 현호야."

"예?"

"유라 씨하고, 그… 이사장 대행인가?"

"예."

무슨 말을 하려고 이렇게 뜸을 들이는 걸까 싶어 현호는 고개를 갸웃했다.

"둘이… 그런 사이냐?"

질문을 하고 나서 장충도는 먼 하늘을 보며 입맛을 쩝 다셨다. 그 모습에 현호는 달아올랐던 감정이 싸하게 식는 기분이었다.

'어휴, 이놈아. 지금이 여자 타령할 때냐?'

하긴 어쩌겠는가. 이놈도 남잔데.

"아니요. 근데 유라 누나 예쁘죠?"

"글쎄, 내 타입은 아니다만… 예쁘긴 하더라."

"그렇죠? 흠, 남자 친구는 없는 걸로 알고 있는데… 뭐, 누가 채 가도 채 가지 않겠어요? 그게… 어쩌면 세무 공무원일 수도 있고."

현호는 왠지 웃음이 새 나와서 입술을 꽉 깨물고 장충도의 반응을 살폈다.

예상대로 장충도의 어깨가 괜스레 들썩였다.

"푸히히."

갑자기 괴상한 웃음소리를 내더니.

"흠흠… 그래, 일단 위에다 얘기는 해볼게. 뭐, 도움이 된 것은 사실이니까. 차명 계좌 건도 한유라 씨가 주도한 게 아니니, 네 말대로 우리가 커버할 수 있으면 커버해야지. 그래야 나중에 제보자들도 우리를 믿고 올 테니까 말이야."

"제 말이 그 말이에요."

자식, 이제야 머리가 돌아가나 보네.

"뭐, 유라 씨에게는 네가 말해라. 내가 힘 좀 써본다고 말이야. 아이고, 어려운 일인데 한번 해봐야지."

현호는 옥상을 내려가는 장충도의 어깨에 힘이 잔뜩 들어간 모습을 보고서야 맘 편히 밤공기를 들이마실 수 있었다.

물론 조금은 미안한 마음이 없진 않았지만.

'충도야, 미안하다. 내가 나중에 신세 갚을게. 뭐, 너라고 짝이 없겠니.'

이날 서울 하늘 아래의 한 젊은이는 뜨거워진 가슴으로 인해 좀처럼 잠이 들지 못했다.

*　　　*　　　*

디데이가 정해졌다.

문구점 사장은 매달 셋째 주, 그러니까 허위로 학교에 물건을 들이는 날에 한유라를 찾아와 통장을 건넨다. 대금을 입금받기 위해서다.

바로 그날, 통장이 한유라에게 들어왔을 때 그녀는 잠시 몸을 숨길 것이고, 특무과가 문구점에 들이닥칠 것이다.

이를 필두로 관내 모든 학교에 동시다발적으로 조사가 들어간다.

그렇게 디데이 날이 밝았다.

현호는 행정실 입구의 창가에서 기대고 있었다.

늘 그렇듯 문구점 사장이 수북이 쌓인 하얀 머리카락을 흔들어대며 행정실로 들어갔고, 잠시 뒤에 다시 문을 열고 나왔다.

"너 나한테 할 말이라도 있는 거냐?"

아까부터 어린 녀석이 기분 나쁜 시선으로 계속해서 쳐다보고 있으니 문구점 사장이 얼굴을 찌푸리고 물었다.

"나쁜 짓을 하면 벌을 받는다는 말, 믿으세요?"

"뭐라고?"

일그러진 문구점 사장의 표정에 현호는 오히려 미소를 보이며 어깨를 들썩였다.

"그냥 궁금해서 물어봤어요. 가시던 길 가세요."

"쯧쯧, 세상이 말세야. 저런 건방진, 으이구!"

혀를 차며 등을 돌린 그가 몇 걸음 떼지 않았을 때였다. 현호가 그를 다시 불렀다.

"저기요."

"또 뭐야!"

허스키한 목소리가 솟구쳤다. 문구점 사장이 붉게 변한 얼굴로 돌아봤다.

현호는 허리를 굽히고 뭔가를 주워 드는 포즈를 취하고 있었다.

"이거 떨어뜨리셔서."

"뭔데?"

뭔가를 전해주려는 듯 허공에 주먹을 들고 있는 현호에게 문구점 사장이 다가와 손을 펼쳤다. 그러자 현호가 주먹 쥔 손을 펼치며 미소와 함께 말했다.

"양심이요."

그 말과 함께 펼쳐진 현호의 손에서는 아무것도 나오지 않았다. 그러자 현호가 안타까운 얼굴로 말했다.

"맞아… 아저씨한테는 양심이 없었지. 훗, 살펴 가세요."

"이, 이놈이!"

문구점 사장이 손을 들려고 했다.

그때 둘의 주위로 학생들이 우르르 지나갔다. 그러자 문구점 사장은 입술을 꽉 깨물고 현호를 노려보던 시선을 거뒀다.

바람을 몰고 휙 뒤돌아선 그가 성큼성큼 학교를 빠져나갔다.

'뭐, 비리 하나 처리했으니 선배 노릇은 했네.'

현호는 피식 웃으며 다시 창가에 기댔다.

이전에 세무사로서 조금 살 만해지자 남들처럼 모교에 기부라도 해볼까 생각했던 현호였다. 뜻하진 않았지만 이렇듯 비리 하나 없앴으니 그나마 선배 노릇 한 것이 아닐까.

'훗.'

현호가 잠시 쓸데없는 감상에 빠진 사이, 행정실 문이 다시 열리고 한유라가 나왔다.

그녀의 손에는 통장이 들려 있었다.

"수고했어요, 누나."

"현호 너도 정말 수고했어."

그녀의 미소를 보며 현호 역시 미소를 띠고 말했다.

"아직 끝난 거 아니잖아요."

현호는 아직 한유라에게 세무서가 그녀를 커버해 주기로 결정했다는 얘기는 하지 않았다. 괜스레 감정에 혼란을 줘서 일에 지장이 생길까 염려스러웠기 때문이다.

"그렇지……. 여기 오늘 거래 내역까지 정리된 장부하고, 영수증. 그리고 통장은 복사를 해야 해서… 하필 행정실 복사기가 고장이 났네."

"그래요?"

"밖에서 복사해 오지, 뭐. 나중에 줄게."

"그래요, 그럼."

뒤돌아선 그녀의 뒷모습은 개운해 보이면서도 무거워 보였다.

"에효… 결국 남는 것도 없는 일이었네."

그녀에 대한 인간적인 연민으로 시작된 일이었지만 현호에게 남겨진 것은 없었다.

보수가 있는 것도 아니었고, 수익이 나온 것도 아니었으며, 세무적으로 그가 직접 나서서 해결한 것도 없었다.

다만 이 일에 끼어들면서 현호는 자신의 역량을 확인할 수 있었다. 또한 특무과를 지켜냈다.

앞으로 뭘 할 수 있을지 모르겠지만 이러한 과정들이 분명 도움이 될 것은 사실이었다.

*　　　*　　　*

"황필도 씨, 당신을 세금 탈루 혐의로 긴급 체포……."

탁!

기고만장하게 목소리를 높이던 장충도는 느닷없이 날아온 손에 뒤통수를 맞았다.

"이씨, 누구……."

뒤를 돌아보니 독사 성시원 조사관이었다.

"이게 오바하고 있어. 네가 경찰이야? 체포는 무슨. 가서 사무실이나 뒤져."

"아, 예."

장충도가 뒷머리를 긁적이며 넋이 나가 있는 문구점 사장을 지나갔다.

문구점 사장인 황필도는 황망한 시선이었다. 어디서부터, 뭐가 어떻게 잘못됐는지를 깨닫지 못했다.

'대체 어떻게 된 거지?'

그로서는 지금 상황은 그저 길을 걷던 중에 난데없이 물벼락을 맞은 것과도 같았다.

기껏해야 세무 공무원들이 들이닥쳤을 뿐이라고 스스로를

납득시키려 해도, 문구점을 쑥대밭으로 만들고 있는 공무원들의 행태에 정신이 나갈 정도였다.

"이 자식들아! 니들, 내가 다 신고할 거야! 다 고발할 거라고! 어딜 공무원 새끼들이 감히!!"

겨우 정신을 차리고 눈에 불을 켰지만, 그 앞에 성 조사관이 바싹 다가왔다.

"뭐? 공무원 새끼?"

성 조사관이 눈을 콱 찌푸렸다.

"그래, 이 새끼들아! 니들이 뭔데 내 사업장을 들쑤시는데?"

"어이, 황필도 씨. 지금 상황 파악이 안 되나 본데, 그쪽 지금 좆 된 거야."

"뭐, 뭐?"

거침없는 성 조사관의 말투에 황필도의 목젖이 크게 들썩였다.

"내가 황필도 씨라면, 지금 여길 뒤지는 걸 걱정할 게 아니라, 앞으로 스토리를 어떻게 짜 맞춰야 세금을 덜 맞을까 고민할 거야. 물론 경찰 조사는 보너스고 말이야."

까칠한 시선으로 황필도를 밀어낸 성 조사관은 문구점 사무실로 들어갔다.

이미 문구점과 가장 가까운 제보자의 사립 중학교를 필두로 특무과 소속 조사관들이 황필도의 자택, 관련 거래처를

이 잡듯 뒤지고 있었다.

그리고 거래처 중에는 학교뿐 아니라 관내 시, 구청 관공서도 섞여 있었다.

'일이 너무 커지겠는데……. 근데 뭔가 이상하네.'

제보자가 찾아온 타이밍이 너무도 절묘했다.

때마침 특무과가 시범 운영되기 시작한 지 얼마 안 된 상황에서 딱 알맞은 케이스가 걸려든 게, 이건 마치 누군가가 상황을 잘 버무려서 풀어가는 느낌이었다.

"야, 장충도."

"예, 선배님."

어리바리한 시선이 성 조사관에게 닿았다. 장충도는 처음에 하숙하는 집의 학생이 부탁을 해왔다고 했었다.

"왜 그러세요?"

"아니다. 일이나 해라."

성 조사관은 찌푸린 얼굴을 내저었다.

'내가 지금 무슨 생각을, 훗.'

지금 순간 짧게나마 그 학생에게 호기심이 들었었다. 마치 그 녀석이 이 일을 이끌었다는 말도 안 되는 생각을.

한편 현호의 학교는 갑자기 들이닥친 조사관들로 인해 업무가 마비된 상태였다.

학교에 감사가 아닌 세무조사가 직접적으로 들어온 것은 이례적인 일이었다.

어쩌면 강남세무서장은 현호의 예상보다 이 일을 더 크게 보고 있는지도 모르는 일이었다.

“이사장 조카하고 행정실 여직원 어디 갔어? 어디 있냐고!”

아무것도 모르는 상황이니 안달이 난 교장 선생님이 복도를 누비며 두 사람을 애타게 찾고 있었다.

“야, 지금 뭐가 벌어지는 거야?”

정신없는 상황에서 현호를 찾아온 권은혁이 불안한 얼굴로 물었다. 얼마 전 금고를 턴 일도 있고 하니 겁이 난 듯했다.

“신경 쓰지 마. 그 일하고는 상관없는 거니까.”

그제야 권은혁이 짧은 안도의 숨을 내쉬었다.

현호는 그를 뒤로하고 계단을 내려와 행정실로 향했다.

‘통장을 복사해 온다더니만 왜 안 와.’

차명 계좌 통장을 복사해 온다고 했던 한유라는 감감무소식이었다.

물론 예정대로 그녀는 오늘 잠적하기로 돼 있지만, 그 전에 장충도에게 통장을 넘겨줘야 한다.

‘이런.’

문을 열고 행정실에 들어선 현호는 난장판이 된 행정실의 모습에 얼굴을 찌푸렸다. 특무과 조사관들이 제대로 뒤지고 있었다.

'이 정도까지 파워가 있을 줄이야.'

놀라운 일이다. 이건 뭐, 경찰 기동대 못지않았다.

어쩌면 현호가 예견한 첫 싸움에서의 기선 제압을 위해서인지도 모른다.

잠시 전경을 둘러보던 현호는 뒤돌아 걸음을 내디뎠다.

그때였다.

웅웅웅.

"웅?"

현호는 고개를 돌렸다. 행정실 복사기가 돌아가고 있었다. 또 그 옆으로 복사된 용지들이 쉼 없이 나오고 있었다.

"하필 행정실 복사기가 고장이 났네."

현호의 머릿속에 한유라의 마지막 말이 스쳐 갔다. 현호의 얼굴이 찌푸려졌다.

"젠장!"

* * *

이사장 조카와 한유라는 사라졌다. 말 그대로 진짜 잠적이었다.

그렇지만 문제 될 것은 없었다. 장부는 이미 건네받았고, 문구점 사장 황필도의 범죄는 문제없이 확인이 가능할 것이기 때문이다.

어수선해진 학교는 서둘러 수업을 마무리하고 학생들을 조기 귀가 조치했다.

하지만 다른 아이들과 달리 현호는 집이 아닌 문구점으로 향했다.

마침 조사관들이 문구점을 나오고 있었다. 개중에는 머리를 긁적이는 이들도 있었다.

"이거 아무것도 안 나오는데요? 통장도 없고, 현금도 없고."

"다른 덴?"

"마찬가지라는데요?"

"이거 나가리 아니야?"

"그래도 학교들 털어보면 나오겠죠. 일단 제보자 자료는 확실하니까. 문구점 사장하고 손잡은 놈들이 어디 한둘이겠어요?"

그들이 떠나자 현호는 주위를 살피며 닫힌 유리문으로 다가갔다.

한유라는 가끔 급할 때면 문구점에 물건을 직접 가지러 갈 때가 있었다. 그래서 여분의 문구점 키를 보유하고 있는 상태였다.

그리고 그 키는 한유라가 건넨 장부와 함께 지금 현호의 손에 쥐어져 있었다.

달칵.

현호는 닫힌 유리문을 열고 들어갔다.

문구점은 반지하 층이다. 그래서 계단 앞에 서면 내부가 훤히 내려다보였다.

그곳은 이미 조사관들이 한바탕 휩쓸고 간 탓에 사방이 엉망이었다.

분주히 돌아가는 선풍기와 냉장고 모터 소리만이 가라앉는 적막을 힘겹게 몰아내고 있었다.

일단 세무서로 끌려간 문구점 사장이 오려면 아직 멀었기에 시간적 여유는 충분하다.

현호는 주위를 살피기 시작했다.

이전에 그가 맡았던 고객의 사무실에 국세청 조사관들이 들이닥친 적이 있었다.

물론 지금처럼 무자비할 수는 없지만 그래도 국세청 조사관들은 일선 세무 조사관보다는 급이 있기 때문에 어느 정도 강제성이 있다.

그때 현호는 생각지도 못한 기상천외한 방식으로 장부와 서류 봉투를 숨기는 고객의 모습을 보고 크게 감명을 받은 적이 있었다.

'분명 장부가 있을 거야.'

한유라가 건넨 장부는 그녀에게 국한된 것뿐이다.

하지만 문구점 사장의 장부라면 모든 학교의 거래 내역과 그 밖의 다른 비리 내용들, 혹은 윗선의 뇌물까지도 적혀 있을지 모른다.

'이런 일에 뇌물이 빠지는 걸 봤나.'

분명 있을 것이다. 그리고 조사관들이 찾지 못하는 곳에 숨겼을 것이 틀림없다.

현호는 지금까지의 과정에서 또 하나의 변수를 계산하고 있었다.

과연 문구점 주인이 세무조사가 들어올 줄 몰랐을까, 아니면 알았을까였다.

뇌물을 썼다면 세무서 직원들과도 연줄이 있을 수 있는 데다가 지금은 1990년, 즉 공직 사회 투명화 같은 정책은 개코같이 여기던 시절이다.

이렇듯 변수란 끊임없이 존재하는 것이다. 한유라가 그를 뒤통수치고 도망친 것처럼.

'하지만 몰랐을 거야.'

그 같은 생각이 강하게 든다.

이미 세무서 직원들은 이 일이 특무과의 시범 케이스로 들어간다는 것을 알고 있다.

장충도의 말로는 특무과에서 털고 난 뒤에 관계 기관에 사건을 알리고 합동 수사까지 연계할 거라고 했다.

그 말인즉, 문구점 사장과의 꼬리를 자르면 잘랐지 연을 이을 이유가 없는 것이다.

그들에게는 오히려 합동 수사보다 먼저 세무조사가 들어간다는 것 역시도 이점이다.

그렇지 않은가. 문제가 되는 자료들은 자신들의 선에서 적절히 커트가 가능하다.

분명 드러나지 않은 누군가는 그것도 계산하고 있을 것이다.

"자, 그럼 어디다 숨겼냐."

레이저보다 날카로운 시선이 문구점을 살피기 시작했다.

선반, 책장, 화장실, 벽, 빈 공간.

'여기가 아닌가? 하긴 조사과도 허수아비는 아니니 뒤져 볼 곳은 다 뒤져 봤겠지.'

샅샅이 뒤져 봤지만 짐작 가는 곳을 찾을 수가 없었다.

잘못 짚었나 싶어 한숨과 함께 다시금 주위를 살폈다.

"후……."

결국 현호는 한숨과 함께 가방을 챙겼다. 등잔 밑이 어둡다고 했는데, 어디가 등잔인지 알 수가 있나.

'뭐, 어떻게든 되겠지.'

조금 꺼림칙하지만 지금 상황만으로도 문구점 사장이 죗값을 받는 데는 문제가 없을 것이다.

현호는 문구점을 나가려다가 계산대에서 멈췄다.

그곳에는 이런 자리에 흔히 있게 마련인 듯한 공책이 있었다.

무심결에 손을 가져간 현호는 공책을 한 장 넘겼다.

촤륵.

'1990년… 가경국민학교… 10현.'

숫자들이 보인다.

날짜와 학교들, 그밖에도 여러 숫자들이 적혀 있었다.

'영선중학교… 30계.'

영선중학교는 현호의 학교다. 근데 이번엔 숫자 뒤에 '계'라고 적혀 있다.

'아하.'

딱.

순간 현호의 머릿속이 번뜩이고 핑거 스냅이 울려 퍼졌다.

"그래."

계는 계좌, 현은 현금이다.

10만 원, 30만 원 등 소액이었지만 오늘 날짜의 십여 개 학교 이름 곁에 적힌 '현'의 합을 계산하니 200이 훌쩍 넘었다.

'오늘 것이라면 아침 건데, 분명 그걸 처리할 시간이 없었을 텐데…….'

그렇다는 말은 현금을 보관하고 있거나 숨겨놨다는 얘기다.

'한데 발견된 게 없다고?'

현호는 좀 전 세무 조사관들의 대화를 떠올렸다.

상식적으로 생각해 봐도 문구점 사장이 다른 곳에 들러 돈을 감추거나 숨길 시간은 촉박했을 것이다.

무엇보다 통장이 하나도 발견되지 않았다는 것도 이상하다.

만약 멀리 숨겼다면, 번거롭게 그곳을 오가면서 관리하는 것은 쉽지 않은 일이다.

그 말인즉,

'여기 있어!'

분명 여기 어딘가에 또 다른 통장과 돈이 있다.

현호는 다시 눈을 부릅뜨고 주위를 살폈다. 이제 그가 보지 않은 곳은 딱 한 군데다.

'여기!'

현호는 고개를 치켜들었다. 바로 천장이다.

기껏 고개를 들었지만 현호는 눈만 찌푸릴 뿐이었다.

머리 위에 있는 것은 합판 천장이 아닌 단단한 시멘트 천장이었다. 뭔가를 숨길 만한 공간은 도저히 찾아볼 수 없다는 얘기였다.

아무리 보고 또 봐도 찾을 길이 없다.

'천장이라니……. 나도 영화를 너무 봤어, 훗.'

허무함에 짧은 웃음이 흘렀다.

몇 번의 두리번거림 끝에 현호는 일단 집으로 돌아가서 장충도와 얘기를 나눠봐야겠다고 생각했다.

그래서 저녁에라도 다시 한 번 찾아와야겠다고 생각하며 책가방을 챙겼다.

하지만 유리문으로 향하려는 그때, 현호는 걸음을 멈췄다.

이상하게도 기시감이 느껴진다.

현호는 이전 삶에서 이 문구점을 수없이 와봤었다. 학교 주변에 있는 가장 큰 문구점이니 당연했다.

'뭐지?'

지금 순간 선풍기와 냉장고 모터 소리가 들린다.

그리고 그것은 이전 삶에서의 기억과 일치했다. 매우 선명히 그때의 순간들이 떠오른다.

최근 현호는 이전의 자신과는 달라진 점을 느끼고 있었다.

그것은 바로 기억이었다.

지금 삶에서 현호의 기억력은 놀랍도록 진화하고 있었다.

얼마 전까지만 해도 그저 흐릿한 기억의 오묘함에 당황할 뿐이었는데, 하루가 더할수록 그의 기억은 선명해지고 색채를 더해가고 있었다.

색과 소리, 심지어 당시의 감정까지 느껴질 정도다.

단 한 번이라도 눈에 담았던 것은 가능한 세밀하게 떠올랐다.

이전 삶에서의 기억도 그랬고, 현재의 삶에서의 기억도 그랬다. 아마 내일이면 더욱 또렷해질 것이다.

그런데 지금 이전 삶에서의 기억과 지금의 순간에서 현호는 기시감을 느끼고 있었다.

'뭐야… 대체 뭐…….'

현호는 고개를 들어 주위를 살피고서야 그 정체를 알아챘다.

그것은 바로 환풍기였다.

냉장고와 선풍기가 돌아가는 이 와중에 환풍기만이 돌지 않고 있었다.

그런데 현호의 이전 삶에서도 저 환풍기가 돌아갔던 기억이 없다. 그 어떤 기억에서도 환풍기는 늘 멈춰 있었다.

지하에서는 환풍기가 필수다.

물론 환풍기가 고장 날 수도 있겠지만 그래도 고쳐야 한다.

기껏 벽을 뚫고 설치비까지 들인 환풍기를 고장이 났다고 방치할 이유가 없다.

그런데 현호의 이전 삶에서의 기억에는 저 환풍기가 돌았던 적이 단 한 번도 없다는 것이다. 또한 지금도.

그것이 뜻하는 바는 무엇일까.

현호는 환풍기가 달린 벽에 다가갔다. 그리고 손을 뻗어 벽을 매만졌다.

'두꺼워.'

무척 두꺼운 벽이다. 아마 환풍기 뒤로 구멍이 있을 것이다.

정상적인 환풍기라면 바람이 지나는 통로가 있을 테고, 건물 밖으로 빠지는 연통이 설치돼 있을 것이다.

'그래!'

확신에 찬 얼굴로 현호는 의자를 밟고 올라가 환풍기를 살폈다. 그리고 테두리를 어루만지자.

툭.

흔들린다.

'찾았다!'

흥분 속에서 현호는 환풍기를 잡아당겼다.

푸스스.

시멘트 가루와 함께 환풍기가 빠져나온 순간, 현호의 눈에 보인 것은 비좁은 구멍을 꽉 채우고 있는 가방이었다.

가방에는 노끈이 감겨 있었는데, 그것을 힘껏 잡아당기자 가방이 빠져나왔다.

옅은 먼지가 흩날렸지만 현호는 기침 한 번 없이 묵직한 가방을 들고 의자를 내려와 지퍼를 열었다.

"하!"

현호는 희열에 찬 미소를 끌어 올렸다.

장부다. 그리고 통장들과 현금이다.

대충 봐도 만 원짜리 다발이 묵직하게 담겨 있다.

'가방이 없어진 것을 알면 문구점 사장은 뭘 할 수 있을까.'

아무것도 못 한다. 아무것도.

자신의 범죄 사실을 감추기 급급할 테니 말이다.

'고민할 필요가 있나.'

현호는 그대로 가방을 들고 문구점을 빠져나왔다.

*　　　*　　　*

다음 날 영선중학교 인근의 우체통에서 정체 모를 장부와 십여 개의 통장, 도장, 수표들이 쏟아져 나왔다.

그것은 집배원의 신고로 경찰에 접수됐고, 그제야 경찰은 세무서에 뒤통수를 맞았음을 깨달았다.

이후 시작된 경찰 수사에서 한유라와 이사장 조카는 여전히 소재가 파악되지 않았지만 문구점 사장의 범죄 수사는 빠르게 진행되었다.

마치 경쟁이라도 하듯 특무과와 경찰은 문구점 사건을 파고들었다.

[단독] 대형 스캔들, 무려 15개 학교가 연루! 관공서는 청렴? 사건 해결을 둘러싼 경찰과 세무서의 대립각. 해당 문구점은 침묵으로 일관.

'훗.'

현호는 아버지의 신문을 넘겨다보며 소시지 부침을 향해 손을 내밀었다.

탁.

여동생 미숙이가 그의 젓가락을 내려친다. 날카로운 시선이 그를 쏘아붙였다.

"지금 뭐 하는 거야? 그 손 움직이지 마."

"어이구, 그래……. 많이 먹어? 응? 많이 먹어. 오구, 오구."

"뭔 짓이야? 이 병신아!"

식사를 끝낸 현호는 서둘러 옥상으로 올라왔다.

옥상 벽에는 물이 빠지는 통로가 만들어져 있는데, 벽을 뚫고 나가는 형태라서 벽 사이에 텅 빈 공간이 있었다. 더구나 손을 집어넣고 구부려야 공간이 만져진다.

이 공간은 이 집에서 오직 현호만이 알고 있었다.

일반적으로 아이들은 집 안 구석구석을 뒤지며 놀기 때문에 부모보다 집 구조를 더 잘 아는 편이다.

현호는 그 공간에 현금을 모두 넣어놓았다. 몇 겹의 비닐로 단단히 밀봉해, 끈으로 질끈 묶어놨다.

단언하건대 외부에서는 절대 보이지 않을 것이다.

'천오백.'

그 액수는 가방에 들어 있던 돈의 액수였다.

아마 문구점 사장은 일정한 현금을 따로 모아둔 듯했다. 물론 통장에는 억 단위 돈이 담겨 있었다.

그래서 현호는 가방에서 현금만 챙기고 나머지는 모두 우체통에 쑤셔 넣었다.

통장에서 돈을 빼도 좋겠지만 인출 과정에서 현호의 정체가 드러날 가능성도 있었다.

'후… 생각지도 못했는데.'

이걸 전화위복이라고 해야 하는 건가.

현호의 나이를 생각한다면 저 돈은 앞으로 3년은 묵혀야 할 것이다. 그리 크진 않아도, 쓸데가 분명 있을 것이다.

그리고 이제 머지않아 대한민국에는 큰 시련이 닥친다.

현호는 슬슬 그때를 준비하고 있었다.

* * *

"위 사람은 평소 성실한 근무 태도와 봉사 정신으로… 머닝글러리 문구점 사건에서 결정적인 역할을… 또한 특무과에 배속하여 앞으로도… 이에 감사패와 소정의… 강남세무서장 이도필.”

박수갈채가 쏟아졌다. 기자들의 카메라 세례와 함께 촌스러운 나팔바지로 멋을 부린 장충도의 긴장된 얼굴이 들썩였다.

현호의 가족들 또한 이제는 한 식구와 다름없는 장충도를 향해 아낌없이 박수를 쏟아부었다.

정신없이 흘러간 한 달이란 시간.

문구점 사장이 10년 동안 착복한 돈은 드러난 것만 무려 10억이 훌쩍 넘었다.

80년대의 10억이면 훗날의 5~60억의 가치다.

학교들은 사립이고 공립이고 가리지 않고 비리가 드러났다. 또한 이에 연루된 선생님들이 죄다 물갈이됐다.

물론 관내 관공서에 부는 바람도 잔잔할 수는 없었다.

하지만 그 부분은 그다지 이슈가 되지는 않았다.

다만 타협함에 있어 세무서가 가진 게 많아졌다는 얘기를 장충도가 슬쩍 현호에게 귀띔했을 뿐이다.

훗날 ‘문구점 게이트’라고 불리게 되는 이 사건은 수백, 수천억의 비리에 비하면 크진 않았을지라도, 교육계 스캔들로까지 확산돼 한동안 뉴스에서 연일 오르내렸다.

다만 걸리는 점이 있다면 이 사건은 현호의 이전 삶에서는 없었던 일이란 점이었다.

'이제부터는 정신 바싹 차려야겠어. 뭔가가 달라질 거야.'

지금까지는 이전 삶의 복습이었지만, 지금부터는 앞날이 달라질지도 모른다.

"아버님, 많이 드셨습니까?"

"허허! 내가 충도 자네 때문에 오늘 배에 기름칠 제대로 했네."

"하하하!"

장충도가 저녁을 쏜다고 해서 근처 식당에서 거하게 배를 채우고 나왔다.

운 좋게도 장충도는 이 일에 이름을 남길 수 있게 됐다.

뿐만 아니라 특무과 소속 조사관 전원이 승진과 더불어 포상을 받았다.

결국 이번 건으로 장충도는 세무서에서의 입지가 단단해졌고, 특무과의 존치는 확실해졌다. 당연히 그 권한 역시도 한층 강화됐다.

이는 세무 역사에 한 획을 그은 일이었다.

일선 기관인 지방 세무서에서 창설된 특무과의 첫 케이스가 만들어낸 결과는 실로 놀라웠다.

이로 인해 서울청 조사국과 국세청, 그리고 재무부로 이어진 관련 라인이 한층 강화되는 결과를 도출했다.

이는 새로운 권력의 힘이 탄생하는 순간이기도 했다.

하지만 문제가 없지는 않았다.

사실 이번 일은 경찰이 처리했으면 그들도 크게 주목을 받을 수 있었던 만큼 두 기관 사이에 약간의 트러블은 생길 수밖에 없었다.

그래서 앞으로 특무과의 특정 부분은 경찰 인력이 참여하기로 합의가 됐다고 한다.

"형, 금방 진급하겠네요?"

현호는 껌을 질겅질겅 씹으며 장충도를 바라봤다.

장충도의 얼굴은 흥분에 술기운까지 더해져 붉게 타올라 있었다.

"흐흐, 뭐, 기대는 하는데, 사람 일이야 모르는 거지. 어쩌면 재무부에서 나를 스카우트해 갈지도? 푸후후."

장충도는 상급 기관을 거론하며 달콤한 상상에 빠져 있었다.

해괴한 웃음소리를 내는 그를 보며 현호는 흐뭇한 미소를 짓는 한편, 장충도란 인물에 대해서 좀 더 깊이 생각하게 됐다.

'스쳐 가는 인연인 줄 알았는데, 앞으로 지켜봐야겠어.'

어쩌면 장충도라는 인물이 나중에는 크게 발전할지도 모르겠다는 생각이 들자, 현호의 머리끝이 바싹 치솟았다.

'특무과라니……. 내가 엄청난 것을 만들어낸 걸지도.'

특무과는 괴물이 될지도 모른다.

원래 돈을 쥔 기관은 힘이 있을 수밖에 없다. 그런데 그 힘에 공권력이라는 권력까지 쥐게 됐다.

지금이 1990년.

앞으로 4년 뒤에는 재무부와 경제기획원이 재정경제원으로 통합된다.

이후 잠시 분리됐다가 2008년에는 '기획재정부'로 재탄생된다.

과연, 이번 삶에서는 그 과정이 어떻게 달라질까.

집에 도착하자 현호는 장충도와 함께 잠시 옥상으로 올라왔다. 부모님과 미숙이가 먼저 씻을 시간을 주기 위해서였다.

"왜요?"

현호가 물었다. 장충도가 담뱃갑을 꺼내 들다 말고 말없이 자신을 쳐다보고 있었다.

"난 말이다, 네가 참 좋다."

"예에?"

현호는 뜨악한 표정으로 장충도를 쳐다봤다. 술을 제대로 마신 모양이었다.

"그냥 좋다. …그리고 고맙다."

"뭐가요?"

"이번 일… 아니다."

장충도는 얘기를 꺼내다 말고 피식 웃으며 고개를 내저었다. 그 모습에 현호는 찜찜함을 느껴야 했다.

'이상한 거라도 눈치챘나?'

에이, 그럴 리가 있나.

아닐 것이다. 충분히 조심했다.

현호는 그저 우연히 사실을 알게 되었고 한유라와 이사장 조카를 설득했을 뿐이다.

그것이 현호가 바라는 흐름이었고, 사건은 일단락됐다.

'아니겠지.'

하지만 현호의 원래의 삶에서는 장충도라는 인물 자체와 접점이 없었기 때문에 주의는 기울여야 했다.

"저기, 현호야."

부스럭거리며 담배 한 대를 꺼낸 장충도가 손등 위에다 담배를 두드리며 말을 꺼냈다.

"왜요?"

"한유라가… 너 좀 보고 싶다는데?"

지난주에 잠적했던 한유라와 이사장 조카가 붙잡혔다. 그들은 현재 경찰에 구금돼 있다.

장충도는 그녀의 제보 사실을 진술하기 위해 며칠 전 경찰서에 다녀온 듯했다.

"그래요?"

현호는 씁쓸해진 표정을 감추려 달을 바라봤다.

'하… 그래도 믿어봤는데.'

한유라가 안타깝기는 해도 어쩔 수 없는 일이다.

그녀는 현호와의 신의를 저버렸고, 현호는 그녀에게 더 이상의 인간적 연민을 느끼고 싶지 않았다.

"네가 괜찮다면 내가 같이 동행할 수 있거든? 아무래도 많이 후회하는 것 같더라. 그래서 너한테 사과하고 싶어 하는 것 같고."

"싫어요."

더 생각할 필요가 있을까. 또 본다고 뭐가 달라질까.

현호는 단호하게 고개를 가로저었다.

"하긴……. 너한테 자수하겠다고 약속해 놓고 배신한 것과 같으니까. 근데 네가 이해하라. 그 사람도 무서웠겠지. 자수라는 게 어디 쉽겠냐. 그리고 이사장 조카가 꼬드겼다고 하더라고. 뭐, 잠깐 몸을 숨기고 있으면 유야무야 넘어갈 거라고 했다나 뭐라나."

어차피 한유라는 문구점 사장에 비하면 잡범 수준이다.

최악의 경우일 때 집행유예라고 생각했을 뿐, 세무서의 커버로 제대로 된 정상참작이 이뤄졌다면 그녀는 무죄에 준하는 죗값을 받았을 것이다.

그런데 그녀는 기회를 뻥 차버렸다.

우매하고 멍청한 이사장 조카의 말에 흔들렸기 때문이다.

하지만 어찌 됐든 처음 제보를 했다는 점은 반영될 것이다.

다만, 도주를 한 데다가 차명 계좌의 돈에 손을 댔으니 집행유예는 물 건너가 버렸다.

"얘기나 전해주세요."

"응? 뭘?"

장충도는 담배를 물며 고개를 돌렸다. 현호는 여전히 달에 시선을 두고 있었다.

"그래도 살라고. 그래도… 살아가라고. 그러면 내가 용서한다고."

구름이 달을 가린다. 현호의 시선이 어둠 뒤로 숨고 있었다.

*　　　*　　　*

현호는 아버지의 신문을 내려놓고 가방을 챙겼다.

"학교 다녀오겠습니다."

선선한 아침 바람을 맞으며 버스에 올라탔다. 빈자리에 앉아 어젯밤에 나눈 장충도와의 대화를 잠시 떠올렸다.

왠지 모든 게 허무한 사건이었다.

마지막에 이르러서는 그다지 흥분도, 통쾌함도 없었다. 생각지 못한 돈을 쥐었고, 특무과를 지켜냈다는 성과가 있었지만, 그것이 뜻하는 바는 현호에게는 그다지 크지 않았다.

오히려 사람에 대해 다시 한 번 깨달은 기분이었다.

한유라로 시작해 한유라로 끝났으니 말이다.

"현호야!"

들려온 목소리에 고개를 돌리니 버스가 또 다른 정거장에 멈춰 서 있었다. 그를 부른 이는 방금 막 버스에 오른 권은혁이었다.

"어, 은혁아."

권은혁이 현호의 앞자리에 앉아 뒤를 돌아봤다.

"이사장 조카 잡혔다며?"

"그렇다더라. 아, 너 이따 도시락 먹지 마."

"응?"

"너 고생했잖아. 내가 밥 사줄게."

"무슨 밥?"

권은혁이 눈을 반짝이고 물었다.

"학교 끝나고 소고기 먹자. 그때 많이 먹어."

"진짜?"

일을 했으면 대가를 받아야 되는 건 당연한 법이다.

뭐, 이것도 뇌물이라면 뇌물일까.

학교에 도착하자 현호는 교실에 가방을 내려놓고 이사장실로 향했다. 그곳은 텅 비어 있었다.

그 사건 이후 이사장이 발 빠르게 정리해 버렸다.

이사장실이 비리의 상징과도 다름없게 됐으니 학부모들 입에 오르내릴까 걱정이 된 것이다.

하지만 현호에게는 여전히 이사장실의 흔적이 기억에 선명했다.

'회귀하면서 기억력이 상승했어.'

이제는 확실해졌다.

한 번이라도 눈에 비친 것은 그것이 무엇이든 분명하게 떠오른다.

그렇다고 책을 한 번 본다고 내용이 이해가 되거나 하는 것은 아니었다.

단순히 보면 사진을 머릿속에 포개 넣은 것이라고도 볼 수 있었다. 언제든 꺼내 볼 수 있게 말이다.

놀라운 일이지만, 사실 그다지 놀랍지도 않았다.

이미 죽었다 살아난 순간부터 더 놀랄 것도 없었다.

'한유라…….'

사실 현호는 그녀가 배신할지도 모른다는 생각을 어렴풋이 하고 있었다.

그녀가 건네줬던 장부.

그곳에서 현호는 이상한 점을 발견했었다.

숫자들이 최소 오백 원 단위로 떨어진다는 것이었다. 백 원, 이백 원의 차이도 없었다.

모든 게 오백 원 단위다. 물론 대부분은 천 원 단위였고.

사무용품이 항상 그렇게 딱 떨어질 리가 없다.

하다못해 모다미 펜이라면 백 원짜리도 있을 터인데 전부 오백 원 단위다.

그것이 뜻하는 바는 하나.

그녀도 문구점 사장 몰래 따로 제 주머니를 채우고 있었던 것이다. 푼돈이라도 1년을 모으면 꽤 클 것이다.

현호는 한유라에게 모든 사실을 얘기하라고 했었지만 그녀는 그 사실을 숨겼다.

그래서 어느 정도 예상은 하고 있었다. 그녀가 도주할지도 모른다는 생각을.

'그래도 믿고 싶었는데…….'

현호는 텅 빈 창고를 보며 한유라의 미소를 떠올렸다. 너무도 선명하지만, 너무도 씁쓸함으로 남은 미소다.

그래. 사람이란 본디 그런 것이다.

믿는 자를 배신할 수도 있고, 진실 속에 거짓을 숨길 수도 있다.

마음은 언제든 변하는 것이니까.

'흠…….'

현호는 다시 교실로 돌아갔다. 씁쓸한 기분을 안고 왔지만 왁자지껄 떠드는 아이들의 밝은 모습을 보니 그나마 기분이 나아졌다.

'이 녀석들은 부디 좋은 놈들이 됐으면 좋겠는데.'

수업 종이 울린다.

중학교 2학년의 시간도 그렇게 끝나가고 있었다.

7장

재회

한동안 아무 일도 없었다.

2학년 겨울방학이 지났고, 현호는 그동안 공부에만 집중했다.

확실히 고학년으로 오를수록 공부의 어려움이 새삼 느껴졌지만, 이전 삶에서 그는 엉덩이 근육을 제대로 단련한 사람이었다.

훗날에는 취직 한번 하려면 하루 수 시간은 의자에 앉아 있어야 한다.

하도 앉아만 있어 엉덩이 근육이 발달한다고 농담 삼아 얘기를 하곤 했다는 것이다.

중학생들이야 뛰어놀 시간도 부족해 한 시간을 가만히 앉아 있질 못하는 반면, 현호는 한번 자리에 앉으면 반나절이 훅 흘러갔다.

부모님은 다른 의미로 놀라워했고, 미숙이는 이따금 제정신이냐며 그를 툭툭 건들고는 했다.

그래도 가끔 열병처럼 이전 삶의 기억이 떠오를 때면 운동으로 땀을 쏟아냈다.

글러브를 움켜쥐고 샌드백을 향해 주먹을 날렸다.

그렇게 봄이 찾아오고, 1991년.

현호는 마침내 중학교 3학년이 됐다.

현호는 이번에는 태권도 권순태와 함께 같은 반이 됐다.

다른 아이들이 중학교 생활의 마지막이라는 들뜬 기분에 휩싸여 있을 때, 새 학기를 맞은 현호의 시선은 매우 비장했다.

바로 '그 자식' 때문이다.

오늘, 현호는 그 자식을 만나게 된다.

그를 나락에 빠뜨렸고, 미숙이를 불행하게 만든 그 개자식.

"자, 새로운 친구를 소개한다. 이름은 강진우, 영등포에서 전학 왔다."

선생님의 소개에 이어 제법 잘생긴 놈이 미소와 함께 고개를 숙였다.

"반갑습니다. 저는 강진우라고 합니다. 앞으로 잘 부탁드립니다."

깍듯한 인사와 호감 가는 미소에 대부분의 반 친구들은 강진우를 호의적으로 바라봤다.

딱 한 사람만 빼고.

'개자식…….'

이전 삶에서 강진우는 이 반의 스타였다.

운동 잘하지, 잘생겼지, 돈도 많아서 아이들은 너도나도 녀석에게 잘 보이려고 노력했다.

"가만 보자. 그래, 현호 옆자리가 비었네. 저기 앉아라."

똑같다. 그때와 정확히 똑같다.

이제 녀석이 다가오다가 발을 헛디뎌 넘어질 것이다.

그래서 의자에 이마를 부딪칠 뻔했지만, 기적적으로 몇 센티미터를 남기고 부딪치지 않는다.

그게 이전 삶에서의 기억이지만, 만약 지금 현호가 아주 조금만 옆자리의 의자를 밀어내면 녀석의 이마가 찢어지는 것은 백 퍼센트다.

드르륵.

현호는 발끝으로 의자를 살짝 밀어냈다.

"으어!"

다가오던 강진우가 기억과 일치한 동작으로 발을 헛디뎠다.

그대로 그가 의자에 부딪칠 것 같았다.

그런데 그 순간, 현호는 의자를 뒤로 잡아당겼다. 덕분에 녀석의 이마가 멀쩡할 수 있었다.

"허… 허… 허……."

강진우는 숨을 몰아쉬며 고개를 치켜들었다.

현호가 의자를 뒤로 빼서 다치지 않았다는 것은 그도 눈이 달렸으니 알 수 있었다.

하지만 현호의 얼굴이 매우 일그러진 이유는 알지 못할 것이다.

'…망설이고 있는 거야?'

현호는 스스로에게 당황하고 있었다.

마지막 순간에 망설이고 말았다. 이딴 자식한테.

'젠장, 이딴 자식이라고 해도 눈에 보이는 건 열여섯 꼬맹이잖아!'

현호에게 눈앞의 강진우는 자신보다 어린 녀석이 아니다.

같은 존재이고, 훗날의 악의 씨앗이다.

그런데 눈이 아닌 이성은 강진우를 중학생으로 인식하고 있다는 게 문제였다. 그건 분명 거추장스러운 것이었다.

"고, 고마워."

강진우가 절뚝거리며 일어나자 선생님이 다가와 부축했다.

"괜찮냐?"

"아, 괘, 괜찮습니다."

"우리 현호 아니었으면 큰일 날 뻔했네."

우리 현호.

작년 기말고사에서 현호가 학년 석차 1위에 등극하자마자 선생님들이 그를 부르는 호칭이 바뀌었다. 우리 현호.

"강진우, 너는 앉고, 현호, 너는 교무실로 내려와라."

"예?"

"진학 상담해야지, 인마."

"예."

벌써 진학 상담인가.

하긴 학교에서는 은근히 현호에게 기대를 하고 있었다.

올해 있을 고입 연합고사에서 영선중학교 출신의 수석 탄생을 바라는 것이다.

일례로 작년 겨울방학 전, 학교 측은 3학년 졸업반에서 치른 연합고사 시험지를 현호에게도 보게 했다.

결과는 딱 한 문제가 틀렸을 뿐이었다.

마음먹고 공부를 한 데다가, 선명한 기억이 교과서를 통째로 붙들고 있으니 틀리는 게 이상했다.

그나마 틀린 것도 뒷장에 한 문제가 더 있는 것을 모르고 끝냈기 때문이었다.

"그래, 고등학교 어디 갈래?"

현호가 교무실에 내려가니 선생님이 다짜고짜 물었다. 현호는 대답을 바로 하지 않고 교무실을 훑어봤다.

작년까지 행정실이었던 공간은 교무실과 통폐합돼 사라져 버렸다.

'하긴, 이제 행정실 직원들을 믿지 못하겠지.'

어찌 됐든 현호는 한유라가 앉아 있었던, 지금은 흔적도 찾기 힘든 그녀의 자리를 좇다가 선생님에게로 고개를 돌렸다.

"저 고등학교 안 갈 겁니다."

"뭐어?"

선생님이 깜짝 놀란 얼굴을 치켜들었다.

"너, 너 미쳤어?"

"부모님께도 말씀드렸습니다. 검정고시 보려고요."

현호가 그 같은 결심을 꺼냈을 때, 부모님은 기겁을 했다.

집안에 문제가 있는 것도 아니니 당연히 놀라실 수밖에 없었다.

"야, 인마. 검정고시는 부모가 없거나 집안이 어려운 애들이나 보는 거지. 너는 집도 건실하고, 부모님도 정정한데 무슨 검정고시야?"

이 시대의 다소 협소한 생각이기는 했지만 선생님은 황당한 시선으로 현호를 붙잡고 물었다.

"지루하거든요."

"뭐?"

툭 내뱉은 그 한마디 때문에 현호는 그 뒤로 한참 동안 선생님의 설득을 들어야 했다.

하나 아무리 그런들, 40대의 고집이 쉽게 돌아설 리가 없다.

결국 선생님은 나중에 다시 얘기하자며 그를 올려 보냈다.

대충 앞으로 1년은 남았으니 계속 설득하겠다는 생각인 듯했다.

'고등학교라…….'

물론 고등학교를 다시 다닌다면 아마 꽤 재밌을 것이다.

수학여행은 또 얼마나 재밌을까.

남녀고등학교로 간다면 더욱 재밌겠지.

그동안 운동 좀 했으니 싸움질도 적당히 하면서 학교생활을 정말 재밌게 보낼 수 있을 것이다.

하지만 현호는 이미 마음을 굳혔다.

검정고시를 본다. 그리고 내후년에는 대학 입학을 한다.

현호는 생각해 둔 대학도 있었다. 미성년자라는 제약만 없었다면 아마 세무사 시험도 고려했을 것이다.

아무튼 계획한 대로만 흐른다면 훗날 염두에 둔 나이에 성인으로서 사회에 설 수 있을 것이다.

그리고 학교를 그만둔다는 것은, 어찌 됐든 틀에 박힌 학생

신분에서 벗어난다는 뜻이기도 했다.

"야, 아까는 정말 고마웠다."

교실로 돌아오자 강진우가 현호에게 살가운 미소를 보였다.

때마침 곁에 다가온 태권도는 강진우의 어깨에 팔을 두르며 말했다.

"진우, 너 인마, 진짜 운 좋은 거야. 현호가 옆에 있었으니 망정이지, 대가리 날아갈 뻔했잖아? 그치?"

"어. 그래."

강진우는 태권도의 말에 별다른 이견 없이 고개를 끄덕였다.

주거니 받거니 대화를 나누는 두 녀석의 모습을 현호는 말없이 지켜만 봤다.

* * *

이날 수업이 모두 끝날 때까지 현호는 강진우와 대화를 섞지 않았다. 할 얘기도 없거니와 종일 아침에 벌인 자신의 행동에 대해서 생각하고 또 생각했다.

그동안은 막연히 다시 사는 삶이니 적당히 살아보자고 생각해 왔다.

새로운 삶은 행복이 최우선이었다.

물론 복수에 대한 생각을 안 해본 것은 아니었지만 시간이 흐르면서 그 같은 집착과 열망은 점점 옅어져만 갔다.

그런 상황에서 강진우를 재회했으니 현호는 당장의 행동에 주저할 수밖에 없었다. 혼란스러운 것이다.

"저기……."

종례 시간을 기다리는 동안 강진우가 말을 붙여왔다.

이날 하루, 그는 자신의 짝인 차현호에 대한 얘기를 들을 만큼 들었을 것이다.

전교 1등에, 영선중학교의 짱이라는 것을.

기존의 3학년들이 고등학교에 진학했으니 이제 당연히 현호가 짱이다.

지난 2년, 현호가 깨부수지 못한 반짱은 없었다.

오직 한 사람, 권은혁을 제외하고는.

물론 권은혁은 이미 현호와 친구였으며, 그는 현호가 짱이라고 추켜세우고 있었다.

사실 그동안 싸움을 한 것은 1, 2학년 때의 일이니 그때 깨진 이들이 한 번쯤은 더 현호에게 도전해 볼 수 있었다.

하지만 문제는 현호의 키가 전보다 더 컸다는 것이다.

지금은 170센티미터 초반.

150 언저리에서도 날아다녔는데, 지금이야 오죽할까 싶은 것이다.

어찌 됐든 현호는 현재 명실상부한 이 학교의 짱이었다.

드르륵.

"야, 여기 전학생 왔다며?"

교실 뒷문이 열리는 소리가 들리고 굵은 목소리가 울려 퍼졌다.

이미 지난 삶을 되새겨 본 현호는 지금의 순간을 어렵지 않게 떠올릴 수 있었다.

강진우가 영선중학교에 온 이유는 지난번 학교에서 개차반이었기 때문에 전학을 온 것이었다.

돈으로 친구들을 꾀어서 약한 애들을 괴롭혔다.

그래서 이 학교에 전학을 왔고, 그때 당한 이들 중 한 명이 이 학교에 있는 친척에게 연락을 해서 강진우를 손봐달라고 부탁한 것이다.

또 현호가 기억하기로는 강진우도 주먹 좀 치는 녀석이었다.

무엇보다 강진우는 혼자 전학 온 게 아니다.

그의 보디가드이자 수하와 다름없는 왕승억이라는 놈과 함께 전학을 왔다.

아마 이대로 두면 지금 들어온 덩치하고 강진우가 붙을 것이고, 강진우가 밀릴 때쯤, 왕승억이 달려와 선생님이 오기 전에 상황을 종료시킬 것이다.

이후로 강진우는 본격적으로 애들을 휘어잡으며 이 학교에 빠르게 적응할 것이다.

돈의 힘으로 말이다.

"네가 강진우야?"

두 손을 주머니에 꽂은 녀석이 옆으로 다가왔다.

친척이 괴롭힘을 당했다는 사실에 얼마나 이를 갈았는지 녀석의 눈은 미처 현호를 보지 못했다.

"너 그쪽에서 애들 좀 건드렸다며?"

"훗."

"웃어? 이 새끼가."

"이런 씨발……."

두 주먹을 불끈 쥔 강진우가 의자를 밀치고 일어났다.

그렇게 둘이 붙으려는 찰나.

드르륵.

현호가 조용히 일어났다. 그 모습은 마치 거대한 그림자가 교실에 드리워지는 것 같았다.

"어, 어? 혀, 현호 네 짝이었어?"

이제야 현호가 강진우의 짝이었음을 알게 된 덩치가 당황했다. 감히 짱의 반에서 싸움이라니.

하지만 현호는 대꾸 없이 뒤로 물러났다.

그것은 둘의 싸움을 터치하지 않겠다는 짱의 허락이기도

했다.

잠시 당황했던 덩치가 다시 강진우를 노려보며 팔을 걷어붙였다.

"너 오늘 좀 맞자."

"참 내, 별것도 아닌 놈들이 가오 잡고 지랄하네."

강진우는 픽 웃으며 눈앞의 녀석과 뒤로 물러난 현호를 쳐다봤다. 거지 같은 놈들. 주제도 모르고 감히 누구 앞에서.

"니들이 감히 나 강진우를 건드린다?"

"뭐라 중얼거리는 거야!"

덩치의 주먹이 휙 날아갔다. 강진우가 재빨리 뒤로 물러났다.

'역시.'

현호는 계속해서 강진우를 눈여겨봤다.

녀석의 동작은 그냥 애들 싸움에서 볼 수 있는 동작이 아니었다. 스텝이 있었고, 피하는 방법이 있었다.

대부분이 집안의 경호원에게 배운 것일 터.

"어쭈?"

하지만 강진우의 상대도 만만치 않다.

덩치가 있는 데다가 스피드도 부족하지 않다.

사실 현호도 작년에 덩치를 상대했을 때는 힘에서 밀려 위험한 순간이 있었다.

"으아아!"

달려온 덩치가 강진우를 붙잡았다. 그러고는 강진우의 허리를 꽉 끌어안더니 힘으로 들어 올렸다. 씨름의 들배지기 기술과 유사했다.

콰당!

강진우가 떨어져 나가며 책상들을 쓰러뜨리고 교실 바닥에 나뒹굴었다.

"아아!"

강진우가 통증에 얼굴을 일그러뜨린 순간이었다.

드르륵!

마침 강진우의 수족이자 이날 같이 전학 온 왕승억이 교실에 뛰어들어 왔다. 현호가 기억하는 순간과 한 치의 어긋남이 없었다.

"진우야!"

왕승억은 다짜고짜 달려와 책상을 밟고 덩치에게 달려들었다.

그 모습에 덩치도 방어를 했지만 갑자기 공격이 들어오니 제때 막을 수가 없었다.

결국 왕승억에게 배를 걷어차인 뒤로는 교실 코너에 몰려 그저 제 몸 지키기 급급했나.

"그 새끼 죽여 버려!"

어느새 일어난 강진우가 분노의 찬 목소리를 외쳤다.

한편 그 모습을 지켜보던 현호는 헛웃음을 흘렸다.

'아주 지랄들 하네.'

사실 이전 삶에서 현호는 지금의 순간을 목격하면서 강진우와 왕승억이 대단하다고 생각했었다.

어떻게 전학 오자마자 저리 훨훨 날아다닐까 하고 말이다.

하지만 지금 보니 이건.

"현호야."

태권도의 시선을 스쳐, 현호는 덩치를 패고 있는 왕승억에게 다가갔다. 그리고.

퍽! 퍽!

단 두 방이었다.

먼저 왕승억의 옆구리, 그다음은 허벅지를 내려찍었다.

복부를 치자니 얘가 죽을 것 같고, 목을 치자니 그래도 죽을 것 같고, 얼굴을 치자니 어디 한 군데는 수술해야 할 것 같아서 고육지책으로 택한 곳이 옆구리와 허벅지였다.

"커헉!"

지금 왕승억이 맞은 것은 영선중학교 짱의 돌주먹이었다.

"야! 망봐!"

태권도가 맨 뒤에 있는 애들에게 외쳤다.

짱의 친구다.

그러니 그 외침은 섭정의 명령과도 같았다.

"컥컥!"

"이 개새끼들!"

주저앉아 막힌 숨을 쏟는 왕승억의 모습에 강진우는 의자를 힘껏 움켜쥐더니 위로 치켜들며 어금니를 물었다.

반 아이들이 강진우의 미친 짓에 침을 꼴깍 삼키는 순간, 현호가 뒤를 돌아봤다.

그 마주친 시선에 달려가 의자를 내리찍으려 했던 강진우는 온몸이 굳어서 마른침을 꿀꺽 삼켰다.

지금 순간, 달려가면 죽을지도 모른다는 생각이 머리를 스친 것이다.

"너 지금 뭐 하냐?"

숨이 턱 끝에 멈춰서 강진우는 아무 말도 할 수가 없었다.

그저 입을 다무는 수밖에는.

탁!

현호는 강진우에게 천천히 걸어와 의자를 들고 있는 그의 어깨에 손을 뻗었다.

그것은 매우 묵직하고 단단한 손이었다. 또한 이는 매우 엄중한 경고였다.

"그거 내려놓고……. 앞으로 조심할 거지?"

어깨를 잡힌 순간부터 이미 강진우는 깨닫고 있었다.

“어… 어…….”

그렇게 다시, 현호는 지긋지긋한 인연을 마주하게 됐다.

8장

난놈

전학 온 첫날 이후 강진우는 행동 노선을 바꿨다.

적대적인 자세를 치우고 현호에게 적당히 저자세로 나왔다.

아주 굽실거린 것은 아니었지만 누가 봐도 현호에게 호감을 가지려는 행동으로 비쳤다.

그렇게 한 달여간의 시간이 지났지만 현호는 녀석과의 선을 여전히 지키고 있었다.

그 인연이라는 것이 얼마나 더럽게 꼬이는지 이미 잘 알고 있으니 결코 이번 삶에서는 이어가고 싶지 않았다.

하지만 문제는 현호가 냉랭해지면 질수록 강진우는 더욱 집요하게 접근해 왔다는 것이다.

녀석은 아예 현호의 친구인 태권도와 쭉정이를 집중적으로 공략하는 영민함도 보였다.

이 나이대의 애들이야 먹을 것 많이 사주고 같이 어울리는 것만으로 쉽게 넘어오니까.

또 강진우는 그럴 만큼의 재력을 가진 신전의 아들이었다.

점심시간이 되자 현호는 창가의 빈자리를 찾아 앉아 책상에 엎어져 눈을 감았다. 나른한 봄기운을 버틸 재간이 없었다.

"현호야, 진우가 집에 놀러오라는데?"

그의 곁으로 다가온 태권도가 앞자리 의자를 끌어 앉으며 물었다.

"너 혼자 가."

현호는 여전히 눈을 감은 채로 대답했다.

태권도나 쭉정이가 강진우를 만나는 것까지 말릴 생각은 없었다. 본디 선택은 각자의 몫이니까.

하지만 지금은 조금 후회가 된다.

태권도의 행동은 이전 삶에서 현호가 강진우의 관심을 받으려 했던 모습과 크게 다르지 않았다.

'강진우, 이 자식이……'

현호는 여전히 책상에 엎어진 상태로 눈꺼풀을 들어, 4분단 중간쯤에 앉아 있는 강진우를 바라봤다.

강진우는 친구들과 얘기를 나누고 있었고, 왕승억뿐 아니라 2학년 때 반짱이었던 몇몇 녀석들과 함께였다.

그 모습이 마치 무슨 밀담을 나누는 것 같아서 절로 눈살이 찌푸려졌다.

'그래도 리더십이 있다고 봐야 하나.'

돈으로 애들을 끌어들이고는 있지만, 어찌 됐든 강진우는 사람을 자신의 주변에 모으고 있었다.

흔히 목적을 위해 통용되는 뇌물의 정석에는 다음과 같이 3가지가 있다.

먹이고, 재우고, 챙겨준다.

성인 남자에게 그 의미는 술, 여자, 돈을 의미한다.

비록 아직은 강진우가 그 같은 경지에 이르지는 않았지만 녀석의 생각 자체는 충분히 그 이상이었다.

'한번 손을 봐야 하나.'

어렴풋이 현호는 강진우의 생각을 엿볼 수 있었다.

녀석은 어떻게 해서든 그를 친구로 만들려고 하고 있었다.

엄밀히 말해 친구라기보다는 손에 넣고 싶은 까다로운 장난감인지도 모르겠다.

이는 비단 현호뿐 아니라 강진우가 관심 있어 하는 모든 것에 해당하는 것일지도 모른다.

문제는 녀석이 그 장난감을 손에 넣지 못했을 경우다.

그때는 깨부수려 할 것이다.

사람을 모으는 이유도 필시 그 때문이다.

"그러지 말고 가자. 집에 수영장도 있대. 생일이라고 호텔 주방장이 와서 맛있는 것도 해준다는데? 너 참치 회 먹어봤어? 그런 것도 나온다는데?"

현호는 태권도의 계속된 설득에 지쳐 의자를 밀어내고 일어났다.

드르륵.

그 소리를 따라 강진우의 시선이 그를 향해 움직였다.

"난 됐으니까, 너희끼리 놀아."

현호는 그대로 교실을 빠져나왔다. 등 뒤에서 강진우의 시선이 짙게 느껴졌지만 개의치 않고 계단을 밟았다.

'좀 더 두고 볼까.'

하지만 지켜보고만 있는 게 과연 옳은 것일까.

현호에게 강진우는 더 이상 복수의 대상이 되질 못했다.

신전그룹이 그를 죽였다는 것은 바뀌지 않는 사실이다. 그렇지만 저기 앉아 있는 강진우는 그 사실을 모른다.

알 리가 없잖은가.

그렇다고 네가 날 죽였다고, 그러니 나는 너에게 복수를 한다고, 그런 말을 해줄 수도 없는 노릇이다.

이것이 얼마나 싱거운 일인지, 직접 겪어보지 않는다면 상상도 못 할 것이다.

"후……."

현호의 입에서는 긴 한숨이 흘렀다.

단지 그건 성인의 한숨과는 조금 달랐다.

40대의 한숨은 걱정과 불안, 막막함 등이 뒤섞여 있지만 지금 현호의 한숨은 그저 습관적인 것일 뿐 아무 의미도 없었다.

이러니저러니 해도, 강진우야 지금 상태에서는 결국은 신경 쓰이는 존재는 아니었다.

현호의 눈에는 어리고 젖내 나는 중학생 녀석일 뿐, 녀석의 성가심이 현재의 삶을 흔들 정도는 아니라는 얘기였다.

아무튼 현호는 지금 생활에 충분히 만족하고 있었다.

공부는 무탈하게 이어지고 있었고, 기억력은 여전히 선명했다. 시간이 갈수록 선명함뿐 아니라 입체감이 느껴지기까지 했다.

마치 어제의 한 장면을 떠올리면 그 안에 서 있는 듯한 착각이 들 정도였다.

물론 모든 것이 시도 때도 없이 선명하다면 그것도 문제겠지만, 사실 사람이란 현재와 앞만 바라볼 뿐 끊임없이 과거를 떠올리진 않는다.

현호가 운동장으로 나오니 이사장이 탄 차가 교문을 가로질러 나가고 있었다.

그 일 뒤로 학교에는 이사장 본인이 오가고 있었지만, 뭐 그다지 상관없는 일이었다.

"현호야!"

권은혁이었다.

녀석이 운동장에서 축구를 하던 중에 손을 흔들고 있었다. 권은혁의 반과 현호의 반 친구들이 시합을 붙고 있었다.

이전 삶에서 현호는 운동에 관심이 있거나 특출한 운동신경을 가지진 않았다. 그저 성인이 돼 공무원들 비위 맞추려 조기 축구회에 발을 들인 게 전부였다.

그렇지만 지금 생에서는 매일 복싱을 하고 있으니 운동신경이 남다를 수밖에 없었다.

최근 들어 복싱 도장의 관장님은 현호에게 신인왕전에 나가자고 보채고 있었다.

관장은 이미 '최연소 올림픽 출전'이라는 천재 복싱 선수의 인생 로드맵까지 그려놓은 상태였다.

물론 제아무리 그래 봤자 현호는 운동으로 뭔가를 이룰 생각은 없으니 한사코 거절할 뿐이었다.

"현호야, 너도 하자!"

권은혁의 외침에 현호는 픽 웃더니 훌러덩 셔츠를 벗었다.

속에는 면 티를 입고 있었지만 탄탄한 어깨 근육과 가슴 굴곡이 단번에 드러났다.

만약에 이곳이 남녀 공학이었다면 뭇 여학생의 시선을 한 몸에 받았을 만큼 단단하고 섬세한 몸이었다.

현호는 스탠드에 아무렇게나 셔츠를 던져 두고 운동장에 뛰어들었다.

"현호야!"

같은 반 친구가 현호에게 패스를 이었다.

탁.

발끝에 느껴지는 공의 감각에 현호는 곧바로 치고 나왔다.

중학교 운동장은 축구 경기장에 비하면 그 크기가 협소한 편이다.

그는 순식간에 운동장 왼편 사이드로 치고 달려가 중앙 라인을 스쳐 지나갔다. 너무도 빨라서 아무도 막을 수 없었다.

권은혁이 눈에 불을 켜고 쫓았지만 따라잡지 못했다.

"이야! 저놈 막아!"

권은혁이 숨을 몰아쉬며 수비를 맡은 친구들에게 외쳤다.

그러자 곧바로 거친 태클이 이어졌다.

하지만 현호가 누구인가.

쉬익!

단박에 점프를 한 현호는 마치 독수리가 활공하듯 태클을 시도한 수비수 머리 위를 가볍게 뛰어넘었다. 그 뒤로 이어진 것은, 바로.

"으허헉!"

수비수들이 기겁을 했다.

점프에 이어진 착지, 현호에게 달려온 수비수, 그 순간 공을 안쪽으로 끌어들이며 상대에게 등진 현호, 그러더니 다시 휙 돌아서 공을 끌고 수비수를 제치는 현호.

그것은 바로 마르세유 턴!

프랑스 축구 선수 지단이 자주 선보여서 유명해진 드리블 기술.

그 완벽한 페인팅 모션에 수비수뿐 아니라 모두가 넋이 나갈 수밖에 없었다.

'조기 축구회에서 연습한 걸 이럴 때 써먹네.'

물론 그때는 실수투성이에 단 한 번도 성공한 적이 없었지만 지금의 현호는 온몸의 세포가 놀라울 정도로 감각적인 움직임을 만들어내고 있었다.

"야, 막아! 막아!"

골키퍼가 두 팔을 쫙 벌렸지만 이미 공은 골네트를 가른 뒤였다.

"너, 씨팔. 못 하는 게 뭐냐? 우와, 질린다, 질려."

권은혁이 고개를 내저으며 투덜댔다.

이후 운동장은 현호의 골 퍼레이드가 이어졌다.

축구를 하지 않고 있던 친구들도 다들 스탠드에서 구경하기 시작했다.

선생님들 몇 명은 아예 허리에 손을 올린 채로 현호의 모습을 지켜봤다.

지켜보고 있노라면 마치 프로 축구 선수의 모습을 보는 듯한 착각이 들 정도였다.

"캬! 난놈은 난놈이다."

선생님들이 고개를 내두르며 혀를 찼다.

현호는 이제 '난놈'으로 불리고 있었다.

전교 석차 1등, 주먹이야 말할 것 없고, 성격 좋지, 나쁜 짓 안 하지, 쓸데없이 쌈질도 안 하지, 친구들 잘 챙기지.

난놈.

모두가 좋아하는 놈.

하지만 창가에서 현호를 내려다보는 강진우의 시선은 그것에 매우 불만을 가지고 있었다.

* * *

"너 계속 따라올래?"

걸음을 멈추고 뒤돌아선 현호의 시선은 그 어느 때보다도 싸늘했다. 집으로 가는 길이었지만 그의 뒤를 강진우가 내내 쫓아오고 있던 탓이다.

"너희 집 놀러 가려고."

강진우는 뻔뻔할 정도로 표정 하나 바꾸지 않고 현호의 집에 놀러 가겠다고 말하고 있었다.

"우리 집에를 네가 왜? 내가 오라고 그랬어?"

기가 막히니 헛웃음만 흘렀다.

"아, 좀 놀러 가자!"

태권도가 옆에서 강진우와 장단을 맞췄다.

그 둘의 모습에 현호는 슬슬 인내심에 한계를 보이고 있었다.

버스를 타면 그만 쫓아오겠지, 버스에서 내리면 그만 쫓아오겠지, 집에 가까워오면 그만 쫓아오겠지.

그렇게 생각했는데 결국 집 앞까지 다가온 두 놈.

여기까지 생각이 미치자 현호의 가슴이 들썩이기 시작했다.

두근두근.

현호는 턱 끝에 밀려오는 떨림을 참으려 이를 악물었다.

심장에도 떨림이 밀려왔다.

회귀 후 국민학교를 거쳐 중학교 3학년이 된 지금까지 느끼지 못한 감정이 뜨거운 불길이 돼 솟구쳤다.

그것은 죽기 전의 불안과 피로, 절망, 분노 등이 뒤엉킨, 잠시 잊고 있던 감정인지도 모른다.

"강진우… 너 내가 말했지. 조심하라고."

달아올라 깨질 것 같은 가슴과 달리 현호의 시선은 차갑게, 더욱 차갑게 식어갔다.

그 시선을 마주한 강진우는 조금 주춤하는 듯했지만 미친놈처럼 씨익 미소를 끌어 올렸다.

현호는 녀석이 그렇게 뻔뻔하고 무데뽀인 이유를 잘 알고 있다.

'이 자식은 겁을 모른다.'

집안의 힘인지, 아니면 태생인지는 몰라도 겁을 모르며 자란 것이다.

하지만 언제까지 그럴 수 있을까. 막다른 공포 앞에서도 그 미소가 나올까.

'죽음.'

순간 떠올린 기억은 너무도 선명해서, 폭발로 인해 온몸이 갈기갈기 찢어지던 찰나의 고통이 발끝부터 머리끝까지 퍼져나갔다.

현호는 죽기 전의 강진우와의 마지막 통화를 떠올렸다.

—이거 그냥 넘어가자. 내가 크게 보상할게. 너 혹시 무슨 일 생길까 봐 그래? 걱정하지 마.

조롱 섞인 목소리가 귓가에서 모기처럼 앵앵거렸다.

그것은 참기 힘든 가려움처럼 현호의 온몸을 갉아먹을 것 같았다.

'강진우…….'

어금니가 짓눌려진다.

심장이 날뛴다.

그 어느 때보다도 강한 감정이 온몸을 휘감는다.

현호는 시선을 돌려 태권도를 바라봤다.

"순태야."

"어, 어?"

태권도가 마른침을 꿀꺽 삼켰다. 어찌 보면 현호를 제일 잘 아는 이가 권순태다.

그러니 지금 현호가 굉장히 화가 난 것을 눈치챘다.

웬만해서는 화 한번 내지 않는 현호인데.

심지어 싸울 때도 표정하나 크게 바뀌지 않는데.

"이 자식 데리고 그냥 가."

여기는 집 앞이다.

계속해 강진우를 마주하고 있으면 무슨 짓을 저지를지 자신할 수 없었다.

"어, 어! 알았어."

태권도가 서둘러 고개를 끄덕였다.

더 이상 현호를 화나게 하면 안 된다. 그것이 지금 태권도의 머리를 스친 생각이었다.

"가, 가자."

태권도는 강진우의 팔을 잡아당겼다. 그렇지만 녀석은 여전히 상황을 파악하지 못하고 미소를 깐죽댔다.

"나는 가기 싫은데? 나 너희 집 가고 싶다니까."

"너……."

결국 입술을 잘근 씹은 현호가 한 발 다가가려는 때였다.

"오빠!"

현호는 고개를 돌려 뒤를 돌아봤다.

미숙이와 어머니가 노을을 등지고 서 있었다.

"그래서요, 현호가 이렇게 말하는 거예요. 조심, 할 거지? 하하하!"

강진우는 첫날의 사건을 어머니와 미숙이 앞에서 적절히 흉내 내고 있었다.

물론 장난스러운 웃음과 과도한 제스처로 인해서 현호의 어머니는 크게 받아들이진 않는 것 같았다. 그저 아들의 재밌는 친구로 생각하는 듯했다.

"우와, 오빠 잘나가네?"

이제 중학교 1학년이 된 미숙이가 현호를 향해 깐죽거리며 말했다.

"자, 더 먹고 싶으면 또 말해라."

어머니는 흐뭇한 미소와 함께 불판 위에서 부지런히 고기를 뒤집었다.

태권도는 정신없이 먹었고, 강진우는 젓가락 한번 대지 않고 시종일관 떠들었다. 그러면서도 녀석의 시선은 계속해서 현호의 집 안 구석구석을 담고 있었다.

마치 똑같은 집이라도 지을 기세로 보였다.

반면 현호는 달아올랐던 심장이 차갑게 식어가는 것을 느끼며 체념과 착잡함이 뒤엉킨 시선으로 지켜볼 뿐이었다.

'에휴, 더 먹어라, 이 자식아.'

현호는 눈치 없는 태권도의 밥그릇에 고기나 몇 점 더 올렸다.

"아줌마, 너무 맛있어요!"

"그래? 많이 있으니까 먹고, 또 나중에 놀러 오고."

"옙!"

태권도는 슬쩍 현호의 눈치를 살피며 대답했다. 그래도 입에는 꾸역꾸역 고기를 밀어 넣고 있었다.

"미숙아, 더 먹어."

강진우가 손을 뻗어 미숙이의 수저 위에 고기를 올렸다. 한데 겨우 고기 한 점 올린 행동에 미숙이의 볼이 붉게 달아오르고 있었다.

'뭐야?'

현호는 눈을 찌푸렸다.

저 상황이 그저 사춘기 소녀의 수줍음인지, 아니면 강진우에게 마음이 움직인 건지 알 수가 없었다.

어떻게 보면 환장할 상황인지도 모른다.

이전 삶에서 현호를 죽이는 데 일조한 강진우에게 그의 어머니는 고기를 구워주고 있었고, 그의 여동생은 수줍음을 느끼고 있었다.

이 기막힌 상황에 현호는 다시금 혼란스러워지고 있었다.

그동안 현호는 이전 삶에서의 복수 따위는 잊고 새 삶에 집중하려고 노력해 왔다.

그런데 강진우의 계속된 접근과 지금 눈앞에서 펼쳐지는 부조화가 그를 다시금 흔드는 것이다.

"저… 어머니."

젓가락을 내려놓은 강진우가 현호의 어머니를 바라봤다.

평소 어머니라는 호칭을 낯간지럽다며 싫어하시는 분이었지만, 강진우의 부름에는 미소를 한껏 띠고 계셨다.

"왜? 고기 더 줄까?"

"그게 아니고요. 저희 집이 제주도에 별장이 있거든요."

"별장?"

미숙이가 반색하며 되물었다.

"응, 별장. 바닷가에 있어. 그 앞에 절벽이 있고, 저녁이면 예쁜 노을이 쏟아지는 곳이야."

"우와! 바닷가에 별장… 멋있다."

미숙이의 개코같은 낭만 이론에 현호는 머리가 지끈거렸다.

"그래서요, 어머님만 괜찮으시면 이번 여름에 가족이 놀러 오시라고요. 저희 아버지께는 벌써 말씀드렸거든요. 제가 현호를 참 좋아해서 여름에 친구 데리고 가고 싶다고."

"어이고, 진우가 현호를 참 잘 챙겨주네."

"비용 같은 건 걱정하지 마세요. 저희 아버지가 대주실 거예요."

"어머, 말은 고맙지만 그건 실례지."

그러자 어머니의 말에 태권도가 불쑥 끼어들었다.

"아니에요, 아줌마. 진우네 아빠가 신전전자 사장님이세요."

"뭐어?"

이때는 신전이 그룹이라는 체계가 잡히기 이전이었고, 아직까지는 강진우의 조부모가 계열사를 이끌고 있는 시기였다.

다만 계열사들이 빠르게 불어나는 시기였고, 특히 부흥기에 접어든 신전전자가 그 중심을 이끌었다. 그러니 집 안에 신전전자 가전제품 하나 없는 집이 없었다.

어머니의 눈동자가 여태보다 한층 더 커졌다.

"야, 뭘 그런 걸 얘기해?"

강진우가 미소와 함께 태권도를 타박했지만 녀석의 어깨는 한껏 솟아 있었다.

그 모습이 마치 너희 같은 서민과는 태생이 다르다고 속삭이는 것 같았다.

"아무튼 어머니, 꼭 여름에 제주도 가시는 거예요? 미숙이 너도?"

"응! 응! 엄마 우리 꼭 가자!"

강진우의 말에 흥분한 미숙이와 달리 어머니는 애들 얘기를 그다지 깊게 새기지는 않는 것 같았다.

'이 자식이 대체 무슨 꿍꿍이야?'

현호는 대체 무슨 생각을 하나 싶어 강진우를 바라봤다.

녀석이 픽 미소를 짓는다.

그 미소를 현호는 잘 알고 있었다.

저 미소 뒤에 서늘한 꿍꿍이가 숨겨져 있다는 것을.

*　　　*　　　*

잠에서 깬 현호는 머리가 지끈거리는 걸 견뎌내야 했다.

회귀 후 처음으로 마신 술 때문이었다.

어제 강진우와 태권도가 돌아가고 나서 한창 마음이 뒤숭숭한 때에, 시골 할머니 댁에 일이 있어 부모님이 급히 내려갔다.

미숙이 역시도 오늘이 개교기념일이라서 어젯밤 같이 따라갔다.

그뿐인가.

장충도는 요즘 여자를 만나고 다니는지 허구한 날 외박을 했다.

결국 어젯밤은 현호 홀로 집을 지켜야 했다.

혼자 있게 되니… 뭐랄까.

적적한 기분이 가슴에 스며들었다. 거기다가 어제 강진우와 태권도를 먹이고 남은 고기도 있었다.

그러고 보니 생각이 든 게, '술을 안 먹을 이유가 없지 않은가'였다.

물론 한창 자랄 몸이니 술을 마셔서는 안 되는 게 맞지만, 매일 마시는 것도 아니고 한 번의 일탈 정도는 이 나이대에 누구나 있는 법이다.

다행히 아버지와 장충도가 자주 주거니 받거니 하는 편이라서 광주리에 빈병이 두어 병 늘어도 티가 나질 않았다.

오랜만의 소주 한잔.

술친구로 삼은 것은 외로움이었다.

다시 태어난 인생, 행복할 것만 같은 매일의 연속이지만 현호의 가슴 한편은 늘 어딘가 채우지 못한 공허함이 자리 잡고 있었다.

어쩌면 평생 이 비밀을 혼자만 간직하고 있어야 된다는 것에 대한 답답함일지도 모른다.

뿐만 아니라 이전 삶의 흔적들을 아무렇지도 않게 지운다는 것은 쉬운 일이 아니었다.

선명한 기억력이라는 놀라운 능력까지 더해졌으니 불가능에 가까웠다.

'차아영.'

말도 안 듣고, 제멋대로 고집만 부리던 딸내미지만, 이제는 두 번 다시 볼 수가 없다.

그런 딸이었지만 이제 와 사무치게 그립다고 하면 그저 배부른 소리일까.

"대체 얼마나 마신 거야."

홀로 마시다 보니 꽤 많이 마셔 버렸다.

이번만큼은 뛰어난 기억력도 어젯밤의 술자리를 떠올리지 못했다.

그나마 간헐적으로 몇 장면만 기억이 날 뿐이었다.

노래를 부르고, 고기를 집어 먹고, 술잔을 비우고, 춤을 추고, 혼자 엉엉 울고.

'아주 쌩쑈를 했구나.'

거실로 나오니 소주병이 하나, 둘, 셋, 넷, 다섯…….

'헐!'

이전 삶에서의 주량은 소주 2병 선이었다. 아무리 지금이 체력적으로 좋을 때라지만 해도 너무하다는 생각이 들 정도였다.

그때였다. 장충도가 머무는 방문이 열리고 엉망진창의 몰골을 한 장충도가 나왔다.

그는 나오자마자 화들짝 놀랐다.

"헐! 이게 뭐야?"

"아……."

현호가 망설이자 그가 다시 말을 이었다.

"현호야, 이거 아버지한테 말하지 마? 에휴……. 내가 어제 얼마를 마시고 온 거야. 여기서 또 마셨을 정도면."

'엥?'

장충도는 아무래도 어제 술에 잔뜩 취해서 들어온 듯했다.

그리고 지금 술병을 보고는 집에 들어와서 홀로 또 마신 걸로 착각하는 듯했다.

"미안하다. 집에 너밖에 없다고 해서 내가 바로 들어오려고 했는데, 어제 특무과 회식이 있어가지고……. 우욱!"

장충도가 허리를 크게 들썩이며 화장실로 달려갔다.

변기를 부여잡고 속을 게워내는 그를 뒤로하고 현호는 욱신거리는 머리를 붙잡은 채 부엌으로 향했다.

'점마가 가끔 도움이 되긴 한단 말이야.'

냉장고에서 물을 꺼내며 성인이 될 때까지는 다시는 술을 마시지 말아야겠다고 다짐하는 현호였다.

"근데 현호야."

"예?"

"너 학교 안 가냐?"

"예?"

현호는 물병을 손에 든 채로 자연스럽게 거실 벽에 걸린 시계로 고개를 돌렸다.

'젠장…….'

8시. 지각이었다.

부리나케 학교로 향했지만 씻고 버스를 타는 시간까지 더해져 9시가 넘어서야 학교에 도착할 수 있었다.

이미 선도부도 정문에서 철수한 뒤였다.

'어차피 지금 들어가 봐야……'

그 생각이 스치자 더 이상 서두를 필요는 없었다.

지금 시대에 핸드폰이 있는 것도 아니고, 집에 부모님도 없으니 담임의 전화를 받을 사람도 없다.

'오랜만에 도서실이나 가볼까.'

이미 1교시는 재낀 것과 다름없었다. 그러니 도서실에서 한숨 청하고 들어가도 될 터였다.

어차피 공부를 하는 거야 미래를 위해 투자하는 것이지 모범생의 길로 들어서려는 것도 아니었고.

그러고 보니 그 일 이후 도서실은 오랜만이었다.

현호는 조심히 허리를 숙여 교무실 창문 아래를 빠르게 지나갔다. 음악실을 지나서 도서실이 있는 2층 계단을 밟으려는 때였다.

'응?'

갑자기 현호가 걸음을 멈췄다.

그의 걸음을 멈춘 것은 음악실에서 들려오는 피아노 소리였다.

이전 삶에서 현호는 대중가요를 그다지 즐겨 듣는 편은 아니었다. 대신 가끔 피아노 연주를 즐겼다.

계기는 딱히 떠오르지 않지만, 서른이 넘은 시점부터 어느 샌가 피아노 소리를 들으면 마음이 차분해지고는 했었다.

그래, 어리석은 시절이었다.

왜 살고 있는지를 깨닫지 못했었다.

아버지의 사업 실패로 쪽방촌과 여관방을 전전하며 살아온 비루한 시간들, 어떻게 해서든 살겠다고 찬 바닥에 악착같이 엉덩이를 붙였던 그 시간들이 그를 그렇게 만들었는지도 모른다.

일에 있어서는 비열한 놈, 개새끼, 쓰레기 소리를 들어도 상관없었다.

빠른 일 처리를 위해 공무원들에게 '인사'를 하는 건 정기적인 일과였으며, 돈 안 되는 일은 결코 하지 않았다.

신전그룹의 비리를 폭로하려 했던 것도 신전의 변호사가 죽은 사건에 두려움을 느꼈을 뿐이다.

영웅 따위가 되려던 게 아니었단 말이다.

오로지 나.

오직 제 일만이 세상일의 전부였던 놈이다.

세금 한 푼 줄이는 것이 삶의 유일한 희열이었으며, 그 희열 때문에 결국은 가족마저 등한시했다.

하지만 그 비열한 놈이 유일하게 모든 것을 손에서 놓는 순간이 있었다.

베토벤이 누구인지, 바흐가 누구인지는 몰라도 가끔 명곡이라 적힌 음반들을 사서 비 오는 날 차 속에서 틀어놓고 홀로 앉아 귀를 기울이고는 했다.

적막을 흔드는 빗방울 소리, 가벼운 고양, 혼자뿐인 공간, 잔잔한 피아노 선율.

그것만이 삶의 위로였던.

그런데 지금 음악실에서 그 피아노 소리가 들리고 있었다.

'음악 선생님인가?'

하지만 음악 선생님의 피아노 소리는 조금 다르다.

귀가 예민한 것이 아닌데도 그 정도는 느낄 수 있었다.

음악 선생님이 치는 피아노는 힘이 넘치지만, 이 소리는 가녀리고, 또 부드럽다.

'누구지?'

발길을 틀어 계단에서 물러났다.

다시금 음악실로 향해보려던 현호였지만 이내 걸음을 멈췄다. 때마침 복도에 누군가 지나고 있었다.

'이크!'

다행히 누군가의 인기척은 금세 사라졌다.

그러자 현호는 그대로 벽에 숨어 있다가 스르르 계단에 엉덩이를 붙였다. 그 상태로 눈을 감고 벽에 머리를 기댔다.

지금 그는 잔잔한 피아노 선율에 취해 있었다.

얼마나 지났을까.

"야, 차현호!"

이런.

작년 현호의 담임인 체육 선생님이다. 그는 계단 위에서 현호를 발견하고는 막대기를 내밀었다.

"너 이 자식, 수업 안 들어가고 거기서 뭐 해? 자는 거야?"

"아, 그게."

"꼼짝하지 마라. 그 자리에서 한 발자국이라도 움직이면 나랑 오늘 세끼 먹는 거야!"

타타타.

뛰어서 계단을 내려온 체육 선생님은 다짜고짜 현호의 구레나룻을 움켜쥐었다.

'윽, 이놈의 필살기!'

체육 선생님의 필살기 한 방이면 구레나룻이 남아나질 않는다.

"아, 선생님, 선생님……."

"어쭈? 키 좀 컸다 이거지?"

결국 피아노 선율을 뒤로하고 현호는 까치발로 체육 선생님을 따라 교무실로 향해야 했다.

"아하, 그거 선생님이 친 거 아닌데."

"그럼 누군데요?"

"내 제자."

"제자요?"

"응, 선생님이 학생일 때 가르쳤던 제자인데 가끔 이렇게 찾아와서 나한테 확인받고 가거든"

"그럼 또 언제 와요?"

"어쩌지. 이제 안 오는데. 이제 내가 가르칠 수준이 아니거든. 근데 너, 그 시간이면 수업시간 아니었어?"

칠판에 적혀 있는 지렁이 글자를 보면서 현호는 점심시간에 마주쳤던 음악 선생님과의 대화를 떠올렸다.

그 피아노 선율은 그녀의 제자라고 했다.

딱히 뭘 하자는 건 아니었다. 그냥 복도에서 음악 선생님을 마주쳤고, 궁금해서 물어봤을 뿐이다.

여운처럼 남은 피아노 소리의 주인공이 궁금했다고나 할까.

"차현호!"

"예!"

영어 선생님의 사랑의 매가 자신을 가리키자 현호가 자리에서 일어났다.

"읽어봐."

"예!"

지체 없이 교과서를 읽자 현호의 유창한 영어 발음이 이어졌다.

이제 놀랍지도 않은 일이었다. 영어 선생님은 아예 현호를 영어 교재로 생각하는 듯했다.

“오케이~~ 아주 멋져 부러.”

걸쭉한 부산 말투와 함께 엄지를 척 내민 선생님의 모습.

“또 누가 해볼까?”

그는 사랑의 매로 자신의 어깨를 두드리며 학생들을 쭉 살폈다. 그러자 다들 그 시선을 피해 고개를 푹 숙였다.

“제가 해보겠습니다.”

강진우다.

녀석이 손을 번쩍 들었다.

“그래, 우리 강진우.”

강진우가 교과서를 손에 쥐고 일어났다. 그리고 보란 듯이 영어 지문을 읽기 시작했다.

예상대로 강진우 역시 제법 괜찮은 발음을 가지고 있었다. 집안이 집안이니만큼 집중 과외를 받고 있는 녀석이었다.

단지 그 영어 발음이 현호와는 조금 달랐다.

‘과외 선생이 영국인인가?’

그런 생각이 들 정도로 문장의 시작이나 끝의 악센트가 강했다. 그리고 아무래도 영국의 수도인 런던이나 옥스퍼드보다는 요크나 에든버러 같은 지방 출신의 현지인인 듯했다.

한마디로 도시적 느낌보다는 사투리가 섞여 있는 듯했다.

뭐, 영국 유학생일지도.

현호가 이것을 잘 아는 이유는 그가 영국 유학을 다녀왔기 때문이 아니다.

그런 생각은 꿈도 못 꿀 형편이라서 책이 너덜해지고 귓구멍에 이어폰 자국이 새겨질 정도로 토익만 죽어라 팠다.

그럼에도 강진우의 발음에 이런 사견을 가질 수 있는 것은, 어느 스터디 모임에나 있는 잘난 놈 하나가 과거 잘난 척을 그렇게 했었기 때문이다.

영국 유학을 다녀왔다는 그 선배는 스터디 멤버들의 발음을 가지고 틈만 나면 태클을 걸었다.

뭐라더라, 영어는 영국이 원조라나 뭐라나.

특히 현호의 발음을 가지고는 싸구려라며 막말을 서슴지 않았다.

결국 그 선배는 스터디에서 쫓겨난 이후 어느 스터디도 들어가지 못했었다.

'흣.'

그때의 기억을 뒤로하고 현호는 저도 모르게 피식 웃었다.

강진우의 발음이나 과거 기억 때문이 아니라 이렇게까지 자신을 따라잡으려는 강진우의 모습이 애처로워 실소가 나온 것이다.

"오케이!"

선생님이 손가락을 말아 동그라미를 만들자, 강진우는 자리에 앉으며 의기양양하게 현호를 쳐다봤다. 그런데 입가에 서린 미소와 달리 녀석의 눈은 찌푸려져 있었다.

아무래도 현호의 실소를 곁눈질한 듯했다.

'끝까지 정신 못 차리네.'

현호는 강진우의 시선을 보고 확실히 결정했다.

저 녀석이 못 올라올 정도로 눌러 버린다.

기어오를 엄두도 못 낼 정도로.

지금 순간 현호의 입술이 오랜만에 미소를 보였다.

* * *

중간고사 결과가 나왔다.

전교 석차 1등은 당연히 현호였다.

2등은 강진우.

물론 강진우가 전교 2등을 했다는 것은 그 자체만으로 대단한 일이다.

현호의 이전 삶에서는 저 녀석이 학교에서 전교 석차에 들어간 것을 본 적이 없으니까.

그만큼 지금의 강진우는 현호 때문에 이를 악물고 있다는 뜻과도 같았다.

"차현호, 일어나!"

담임은 교단에 손을 집고 기댄 채 현호를 불렀다. 그 얼굴에는 웃음이 어려 있었으며, 현호를 향해 느닷없이 박수를 치기 시작했다.

"자, 너희들도 박수 쳐!"

전교 1등을 했다고 박수라니.

조금 편파적이고 속물적으로 보일지는 모르겠지만 담임이 박수를 친 것은 다른 이유에서였다.

"현호가 이번 시험 전 과목에서 한 문제도 틀리지 않았다."

올 클리어, 퍼펙트.

그 놀라운 업적을 현호가 달성한 것이다. 골프로 치면 홀인원인 것이다.

더구나 이는 영선중학교 중간고사 역사상 처음 있는 일이었다.

"우오오!"

친구들이 감탄해 마지않았다. 그러자 담임이 현호를 교단으로 나오라고 했다. 그는 하얀 봉투를 건넸다.

"이사장님이 현호에게 특별하게 장학금을 수여하셨다."

"우와와!!"

박수갈채가 쏟아졌다. 현호는 얼떨결에 봉투를 건네받았다.

안을 슬쩍 보니 10만 원권 수표 2장이 들어 있었다.

'짜네.'

돈 백은 들어 있을 줄 알았건만.

"자, 다들 현호처럼 공부 열심히 하고, 현호는 이만 들어가."

"저, 선생님."

현호는 들어가지 않고 담임을 쳐다봤다.

"왜?"

"저 이 돈으로 애들이랑 짜장면이나 먹고 싶은데요."

"뭐어?"

담임의 눈이 댕그래졌다.

반면 반 아이들은 지금까지보다 한층 업된 함성으로 자리에서 일어났다.

"야, 이놈아, 부모님께 말씀부터 드려야지."

"뭐, 저희 어머니는 쿨해서요."

"쿠, 쿨 뭐?"

91년인 이때만 해도 짜장면값은 1,500원 정도였다. 반 아이들 50명이 먹어봤자 10만 원이 안 된다.

추가로 탕수육 몇 개 더 시켜도 충분한 금액이었다.

"참 내, 뭐 이런 놈이 다 있냐."

결국 어머니에게 먼저 전화로 의향을 여쭙고서 결정하기로 했지만, 어머니는 당연히 오케이였다.

더구나 아들이 전교 1등에, 중간고사에서 한 문제도 틀리지 않고 올 클리어로 받은 장학금이니 아이들 짜장면 한턱 쏘는 데 인색할 이유가 없었다.

이날 점심시간, 현호의 반은 학교 앞 중국집으로 출동했다.

아침에 미리 중국집에 예약을 해뒀기 때문에 기다림도 필요 없었다.

"현호야 잘 먹을게!"

"짱! 잘 먹을게!"

"현호 최고다!"

강진우는 제 뜻에 맞는 애들에게 먹을 것을 자주 사주긴 했지만, 현호처럼 반 아이들 전부에게 짜장면을 쏜 적은 없었다.

그럴만한 구실도 없었던 데다, 현호처럼 전교 1등을 차지한 적도 없었으니까.

그러니 지금 강진우는 성적으로도 깨지고, 배포에서도 깨져 버린 것이다.

현호는 별생각 없이 저지른 일이지만 이 일로 선생님들과 아이들에게 그의 신망은 철옹성처럼 단단해졌다.

*　　　　*　　　　*

소문은 당연히 현호가 사는 동네에도 이어졌다. 동네 아주머니들은 모이면 현호 얘기부터 꺼냈다.

"아이고, 저 집 아들이 영선중학교 전교 1등인데 놀라운 것은 말이야, 전 과목 시험에서 한 문제도 안 틀렸다는 거야."

"정말? 진짜 한 문제도 안 틀렸다고?"

"그렇다니까 속고만 살았나."

"아니, 저 집은 애 교육을 어떻게 시키기에 그래?"

"그러니까 말이야. 난 자식에 난 부모지, 뭐."

당연히 아버지의 어깨는 잔뜩 솟구쳤으며, 어머니도 어디를 가면 그렇게 미소를 띠고 다니셨다.

그리고 당연하겠지만 유일하게 그 소리를 싫어하는 사람은 미숙이였다.

그녀는 사춘기까지 더해져 요즘 한창 문제의 중심이었다. 어떻게 보면 현호로 인해 더욱 미운 오리 새끼였다.

"뭘 보는데? 바보 같은 게."

화장실에서 나온 미숙이를 돌아봤다는 사실만으로 현호는 바보 소리를 들어야 했다.

"야, 그래도 현호가 바보는 아니지. 너보다 두 배, 아니 세배는 똑똑할걸?"

거실에 드러누워 드라마 '야망의 레전드'를 보던 장충도가 핀잔 섞인 말투로 말하자, 미숙이가 화를 씩씩 내며 장충도에게 달려가 엉덩이를 걷어찼다.

"미숙이, 너! 삼촌한테 무슨 짓이야!"

어머니의 고함에 미숙이는 곧바로 자신의 방으로 달려가 문을 쾅 닫아버렸다.

'아주 엉망이구나.'

현호가 체념해 고개를 젓고 있는데 현관문이 열렸다. 퇴근한 아버지였다.

"이거 뭐지?"

아버지는 손에 들고 온 편지 봉투를 보며 고개를 갸우뚱했다. 가방을 내려놓는 그에게 어머니가 다가갔다.

"뭔데요?"

"글쎄……. 우편함에 꽂혀 있던데?"

봉투를 뜯자, 그 안에서 비행기 표가 나왔다.

"제주도 행 비행기 표잖아? 4장이나… 누가 보낸 거지?"

"어머!"

그제야 어머니가 생각이 난 듯 손뼉을 마주쳤다.

"현호 네 친구가 보냈나 보다."

"현호 친구가?"

"그 친구… 누구더라. 아, 강진우? 그 애 아버지가 신전전자 사장님이래요."

"그래?"

아버지가 놀라서 현호와 어머니를 번갈아 쳐다봤다.

"이야, 현호, 너 장난 아니다. 재벌 집 아들과도 친한 거냐?"

불알을 긁적이던 장충도 역시도 현호를 쳐다보고는 부러움을 감추지 않았다.

'결국 멈추지 않는구나.'

기어이 제주도에 데리고 가겠다는 뜻이었다.

'제주도 별장을 보고 주눅이라도 들길 바라는 거야, 뭐야.'

현호는 고개를 흔들며 아버지를 바라봤다.

"아버지, 그거 돌려줄게요. 그걸 우리가 왜 받아요. 저 그리고 걔랑 별로 안 친해요."

"그래?"

최근 아버지는 현호 말이라면 뭐든 수긍하는 편이었다.

더구나 장충도의 인정을 받은 천재의 아버지 아닌가.

얼마 전부터 아버지는 장충도에게 부탁해서 현호에게 세무 지식을 알려줄 수 없냐고 했는데, 장충도는 처음에는 중학생에게 무슨 세무 공부를 시키냐며 난색을 표했다.

하지만 최근에는 누구보다 열을 내서 현호를 가르치고 있었다.

그가 말하길, 현호는 천재라는 것이다.

현호가 알려주는 족족 알아듣는 데다가, 가끔은 장충도가 생각지 못한 경우의 수를 얘기하거나 민원 사례에서 세금을 줄일 방법을 새로 제시하곤 했는데, 그것들이 일반적으로 생각할 수 없는 것들이었다.

그러다 보니 장충도는 이 천재 앞에서 흥분을 감추지 못했다.

물론 현호는 대부분이 알고 있는 내용이었으니 당연한 수준이었다.

오히려 현호 입장에서는 장충도라는 어린놈이 어른을 가르치고 있는 형국이었다.

다만 세무라는 것이 해가 다르게 법이 바뀌다 보니 아직은 개정되지 않은 부분 등에서 생소함은 존재했다.

"우리 아들이 그렇다면 돌려줘야지. 암! 이런 걸 어떻게 함부로 받겠어."

그때였다. 덜컹.

"싫어! 나 갈 거야!"

문이 열리고 미숙이가 나와 빽 고함을 질렀다.

"너 정말!"

어머니가 입술을 꾹 깨물었다. 아무리 사춘기라도 정도가 있는 것이다.

"나 갈 거라고! 그 오빠가 오라고 했잖아! 이거 예의 아니거든?!"

"거기가 어디라고 가!"

어머니와 미숙이 사이에 몇 차례 고성이 오갔지만 현호는 결국 제 방으로 돌아와 침대에 누웠다.

최근 미숙이는 정도를 벗어난 행동을 서슴없이 하고 있었다.

이전 삶에서 현호의 딸 아영이가 했던 태도와 똑 닮았다.

재밌는 것은 그런 아영이를 보면서 그 당시 미숙이가 뭐라고 그랬더라.

'아, 암 유발자라고 했지.'

미숙이는 아영이를 보며 핵암이라던가, 암 유발자라는 말을 쓰며 이해할 수 없다고 했었다.

그런데 웬걸, 어린 미숙이는 아영이보다 더하면 더했지 결코 못하지 않았다.

'진짜 무슨 인연인가.'

이전 삶에서 미숙이는 강진우를 좋아했다.

그 자식이 바람을 피우고 다녀도 좋다고 했다. 그저 곁에 있는 것만으로도 좋다고 했었다.

그런 미친 소리를 하는 여동생을 도저히 이해할 수가 없던 현호였다.

하지만 그것이 그녀 나름의 사랑이었다는 건 부인할 수 없다.

'후…….'

현호는 창문을 열어 고개를 내밀었다.

아직은 서늘한 바람이 창을 타고 넘어온다.

그래도 곧 여름이 찾아오겠지……. 언제나 그렇듯.

『세무사 차현호』 2권에 계속…